WORDS AT WAR

江秀雪　著

一個律師的文字戰場

To my beloved husband, Scott L. Schubel

獻給我的摯愛，徐凱德

【推薦序】
14個不凡的挑戰，創造一個傳奇人生

忠誼法律事務所／駱忠誠律師

威廉斯

是一個追求夢想的實踐者，不斷創造一篇篇不凡的故事。

是一個不肯認輸的堅持者，持續挑戰一個個艱困的案件。

書中的14個案件，是14個不同的故事。且看一個青澀稚嫩的小律師，在大環境之中翻滾、生存。每一個不同的經歷，是其成長路上的試金石，讓他看清這個社會的現實風貌，逐漸蛻變成為一名足以依賴的合夥人。他依靠自己的經驗與信念維持事務所的運營，儘管最後因幾近破產，他不得不走出聯合事務所改而單打獨鬥，但其依然堅持在自己道路上，毫無退卻。也因為他這番不輕易放棄的個性，才能造就出書中這14個精彩的法律攻防戰。

書中，我們看得出威廉斯作為一個律師他那初生之犢不畏虎的個性，就算眼前是看似毫無勝算的案件，他還是會在絕境之中絞盡腦汁，

期望能找出翻盤的機會。很多例子也是因為這樣的堅持，才成功尋得勝利的一絲曙光。他堅信，唯有事實才是最細膩的，在所有情況下也唯有事實站得住腳。

法庭上多次精彩的攻防戰，是威廉斯帶給讀者的震撼洗禮，也是書中最精彩的一部份。不管是要以小蝦米對上大鯨魚，抑或是面對種種不利的證據，他活用法律人的智慧與經驗，抽絲剝繭直至找出真相。這14個案子個個令人拍案叫絕，看威廉斯在峰迴路轉的法庭攻防辯論之中如何佔得上風，肯定是讀此書的樂趣所在。

透過書內的真實案件，讓我們看到美國審判實務真實的一面，包括了審判庭的組成、集中審理、證人詰問、證據能力、陪審制度、法官的選任等，讓人大開眼界，受益良多。首先是關於法官選任的部分，不是透過國家考試，而是從有經驗的律師中去挑選，以避免沒有實務經驗的人來決定審判的結果，此值得作為我國未來司法改革的借鏡。接著，本書也提到了一些讓人印象深刻的法律制度，例如：市府要求買房的人簽訂同意書(Annexation)，無條件同意市府的徵地要求，在民主的美國竟也會有這樣的制度，實在令人吃驚。可惜威廉斯已辭世，已經無法向其請益相關知識，也就難以一窺上一制度的全貌。當然，透過一個個的案例，我們見到威廉斯如何實踐其對於律師職責的解答：確保客戶的權益與法律賜予的權利，這個解答也解開了我對於律師工作的疑惑，也是我

閱讀本書最大的收獲。

　　本文作者透過鉅細靡遺地描述，讓每一個案子都有各自的特色。類似傳記的描述手法讓讀者能夠跟著威廉斯一起成長，也讓此書更貼近讀者的視角，儼然讀者自己就陪著威廉斯闖過每一個困境。由於書中十分巧妙的布局，再加上活用對話的方式，使法律事件在閱讀過程中不再這麼枯燥乏味，不多不少的對話，也讓故事因為有了聲音而活過來。作者也不僅僅是描述各個案子的前因後果，更把通篇故事串聯在一起，讓此書有了更完整而耐讀的架構。

　　此書，絕非一本無趣的法律專書，而是透過一篇篇精彩的故事，一個個獨特的案件間之巧妙連結，帶領讀者看到一個偉大的律師威廉斯一生傳奇的過程。不僅是他那神奇的思辨過程，他追求正義的勇氣亦值得讀者為其喝采。《一個律師的文字戰場》，將用一個傳奇故事，引領讀者細細品味這14個精采絕倫的案子。

【推薦序】理性與感性的對話

群益聯合律師事務所／陳君聖律師

這是一次次行駛在公路上理性與感性的對話，往返小城漫長四小時接送孩子車程中，Schubel律師對未來成為妻子兼助理的秀雪暢談律師生涯的點點滴滴，匯集整理出美國十四個真實生活中的法律案例，有勝有敗，有錯失良機的扼腕，也有千鈞一髮救援成功的痛快。

十四個案例，件件蘊藏著執業三十一年來對法律的熱情和秉持對司法正義的堅持，終究一生捍衛正當法律程序、無罪推定原則，這也是他不顧一切地橫衝直撞的奮鬥史，其間甚至因小城合夥律師事務所不堪虧損幾近破產，即使出走聯合律師事務所當起一人律師的「單幹戶」，也絕不放棄對法律的愛好。在執業生涯裡，這些案例或許只是小小的浪花，卻是一個法律人對信仰價值的堅持與體現。

因為服輸，追求委任人最佳利益，還僅是小跟班的他，多方推求最佳方案，讓旅館老闆在拾金案中獲得最大利益，贏取當事人對他的信任成為執業後第一個客戶。

因為不服輸，堅持司法公正，毅然幫暴露狂疑犯辯護；於萬千不利證據中抽絲剝繭，發現被警方故意銷滅的有利證據，一件沒人敢接看來穩輸的猥褻案峰迴路轉，讓正義終於彰顯。

因為洞見，鍥而不捨找出所謂專家報告中起火源的謬誤，替苦蹲八個月苦牢的兩名工人，洗刷縱火罪名。

因為執著，揪出旅館公共設施的缺失，幫葬身旅館大火的單親媽多爭得一百八十萬美元的理賠金。

也因為大無畏的正義感，不惜為工殤司機槓上×其林公司，在劣勢中奮戰不懈，法庭上一人大戰財團大公司所委任大城律師事務所資深律師及九位輪胎專家，毫無懼色，雖因資源懸殊，最後未獲陪審團認同而敗訴，但，卻是精彩一役。

《一個律師的文字戰場》用一個個生動的小故事，突顯十四個生活中的法律案例，其中或容讓人生疑，律師是否會因蒙昧或利益使然硬拗誤判；但在是非對錯、成敗得失之間，律師無法判定有罪無罪，縱使與民粹道德評價有衝突，依然本著對法律的信仰，依循專業找出真相，維護司法公正性，保障法律賦予人民的權利。

Schubel律師一本初衷堅守的信念，直到生命最後歲月裡，仍念茲在茲全力捍衛客戶權益，像個實踐者般守護堅持的普世道德與生命價值，不顧一切像大衛王奮勇擊敗巨人、像唐吉訶德執著衝向風車，這一

生懸命堅持的「法律之愛」，令人動容；作者秀雪有幸旁觀參與，記錄
下第一手最真實的面貌，留了後人評點。

【推薦序】忘年之交

University of Baltimore School of Law／李岳樵，J.D.

「我很喜歡吃阿給，喔！！還有五更腸旺。」這是Scott跟我說的第一句話。

2014年三月底，在一個亞洲律師的聯誼餐會上，看到了這個完全不亞洲的人，我猜想這人應該是來騙吃騙喝的吧，正巧他就排在我拿餐的隊伍前，還竟然開口就跟我說「愛吃阿給」，當下開了眼界，他也就這樣成為我在美國第一個法律界的好友。

從小我就有個生意頭腦，但不知道怎樣，我還有個當律師的夢，希望有一天可以站在法庭裡為公平和正義去慷慨激昂地答辯；偏偏我又是個過動兒，根本沒辦法靜下來，所有事情裡唯獨念書我沒興趣，當兵期間，聽信了一個法律系的教授說美國律師一個月薪水有個三十萬，又告訴我想賺錢，又想當律師就去美國吧，怎知，這一離開就是十一年。

我本來當J.D.只是唸唸書，交些朋友，考到牌以後就可以一起打拼事業，但事實根本來就不是我想的這樣。法學院一年級生，為了暑期實

習的機會，同學間勾心鬥角互相陷害地追求個人成績；二年級的學生冷漠地暗幹所有的資訊，深怕實習的機會被搶走；三年級後卻變成上課散漫至極，連教授問話也懶得緊張更別說舉手回答。所以我這段時間除了能跟幾個一起水深火熱的同學抱怨，其他時間都是自己在緊張，自己想辦法撐下去。這樣無望的未來，加上每天上課得擔心答不出教授的問題，更得忍受一堆同學的白眼，我肚子裡總是覺得有股火沒處燒。打電話燒回臺灣，家人也不知道該說甚麼，因為根本沒人懂這鬼求學環境，就這樣日子漸漸地消磨掉我想出庭的狗屁夢想。遇到Scott後突然有個知己，兩個都愛車，愛酒，愛槍，愛交朋友。所以每次就算再忙，都很期待可以跟他鬼混，更期待他可以停藥跟我喝酒，或是有機會喝臺灣的金門高粱，自然也突然覺得這條法律之路又變得有趣起來。

認識才滿兩年，他就畢業了！第一次失去朋友讓我頓時覺得不知道該如何面對，接踵而來的就業及生活壓力，逼著我把所有跟他有關的事情藏在腦後，不去回想。一直到Scott太太傳來這本書，跟他一起「攪屎」的時光突然又回到我的腦海，讓我因此找到當初的熱情。

感謝Scott的太太把這些主要的案件集合起來，這十幾個案件除了可以幫助一個法學院的學生找回繼續完成學業的熱情，我相信也可以幫助有意把臺灣司法加入陪審制的前輩，簡單去了解陪審制實務上的難處。整本書的字裡行間裡，她成功地以Scott的口吻描述這些案件，拜讀的每

一刻我都能感覺到我這酒肉朋友又跑回來跟我打屁，當第一次一口氣看到第五個案件時，我竟然情緒激動到需要躲進廁所裡整理自己的情緒。

我老是覺得，我這樣一個連話都說不清楚，每次上課一被教授叫起來，就頭腦空空的學生，以後怎麼出庭？他卻一副無所謂地告訴我：小律師反而沒這個問題，出庭時，有沒有準備才是重點，他說他當年第一個庭他也是緊張地要命，那是個穩贏的案件，又是一個專電菜鳥，人人不敢不買帳的老法官在審理。偏偏就是被他找到法官的任命上出了問題，他也就這樣死也不低頭地硬衝，告訴法官他一定會上訴，就這樣，贏了這個案件，也同時這樣「勇」名遠播。他告訴我：「Young attorneys fight for pennies, but old attorneys fight for their reputation.」所以要勇敢做自己該做的，反正大家都是這樣開始的，這也正是本書的第一個故事「P法則先生」。

「就地分贓」的案子我也親耳聽過，那是因為有一次我問他，年輕律師都是爛案子那不是很痛苦？他卻笑著告訴我：不一定的，有時候是看感覺，他說當客戶看中意時，就有機會。他有一次被老律師們拉去跟一個難溝通的客戶一起吃飯，席間，一堆律師都說服不了客戶跟對方和解……突然，這客戶轉頭看向他，要聽他的意見，他愣了一下，但立刻也大膽地說出他的想法，沒想到客戶就是喜歡他說的，就這樣被他說服了，案件因此順利和解，他也幫事務所賺進了一筆。可是，不改Scott的

諏諧風，他說雖然圓滿結束案子，他依舊是菜鳥；雖然啥錢都沒拿到，但他就享受得到個爽快。當時我聽得十分入神，心裡想著如果以後有個伯樂讓我大顯身手，那會有多好，就算沒拿到錢，這樣吐口氣也不錯。

　除了打屁聊天，聊些男人間的話題，我們也曾經認真地討論過正經事，其實應該是說他拿著他那三十年前泛黃的筆記幫我準備考律師牌。只是，就像每次準備期末考的讀書會一樣，最後我們還是變成在閒聊，聊他怎麼選出他想選的陪審員、聊怎麼樣挑出有利於案件的陪審團、怎樣的證據能被法庭採用、他怎樣突破證人的心房去說出足以動搖陪審團思緒的關鍵證詞，也包含怎樣點破動機不單純而做偽證的證人。這些男人拿來臭屁閒聊的豐功偉績，對我當時在精神上是很有意義的。

　我倆沒聊過甚麼正經事，除了考牌，唯一的一件就是他答應幫我開我的律師事務所，雖然跳票了，但我會拿著這本書，也帶著我畢業時他送的預刻有「Esq.」頭銜的名片夾，繼續完成我的律師之路。

目次

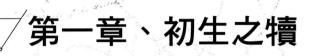

第一章、初生之犢

"Is it fair to say that most of the fire damage in the building is on the western side, western half?"

"Yes, sir."

"And, the fireplace and chimney are on the west wall?"

"Correct."

"How many points of origin did you determine?"

"I believe there were seven total."

"And, you said it's often burn patterns that you determine the points of origin?"

"Correct."

"Did any witness ever tell you that Mr. XXX set the fire?"

"No, sir."

"And, did you determine that some of the points of origin were points of origin because the floor had burned through because there were holes in the floor?"

"Correct."

"While you were there did you see the firefighters use a master stream to put out the fire?"

"Yes, sir."

"Okay. And, a master stream has enough force to move furniture, move objects that it comes into contact with? And, it can also spread and scatter debris and ashes that have already burned?"

"Correct."

"Okay. At the time that you saw the fire burning did you see it burning through the roof completely at any point?"

"No, sir."

"Okay. Did you see any firefighters make any holes in the roof for ventilation purposes?"

"No, sir."

......

This is a preliminary hearing and while it may be an interesting case to try it's certainly going on to the Circuit Court at this stage of the proceedings. I do find there is indeed probable cause. These matters will be forwarded to the Circuit Court for further proceedings.

1、P法則先生

擬規定的人同時做裁判是不公平的！民法第P章有明確說明，我決定申請臨時動議，要求重新指派別的法官來審此案。

開始上班的時候，我還沒有律師執照。那年我五月畢業，七月考執照，成績要年底才出來。八零年代的美國，有一度景氣不是很好，寄出上百的履歷都石沉大海。這個鄉下的律師事務所居然肯接納一個還沒有執照的毛頭小子，讓我決定把聯邦司法部的職位留職停薪一年，在履歷上增加個私人事務所的經歷。

事務所佔市中心大樓其中兩層，已經有四個律師，七個祕書，進電梯，經過大樓裡其他公司行號的門牌之後，最末端的走道盡頭有個一半的木門，那種裝了彈簧，推開後會自動盪回去的門，讓我想起老電影裡落魄偵探Sam Spade用的小門，spade在英文裡的意思是鏟子，暗喻偵探的工作就是挖人隱私，我就戲稱這個通往我們事務所的木門叫Sam Spade Gate，意味甬道裡通往更陰暗角落之門。

老律師在我跟第三線律師面試時，臨時有事進來，第一眼看到我就很投緣，知道我從名校畢業，還是榮譽畢業生。一週後又招我來和二線律師面試，然後就錄用我了。鄉下小鎮的工作其實比較難找，因為通常沒人老死不會招新人，不像大城大事務所總是在招人，我當時只想當跳板，馬上就答應了。

所裡丟給我的第一個案子是一個民事案件，我的被告是個沒付小孩撫養費的父親，另一名律師在我還沒來的時候，為這個案子出過一次庭，法官當時下令要重算撫養費，並且要判以前沒付撫養費是否必須

坐牢。所裡的人都知道這是個穩輸的案子，加上碰到的法官是個魔頭，喜歡給新律師下馬威，辦公室裡面常笑傳哪家事務所的年輕律師動作太慢、說話結巴，當場被法官損得很慘。所裡的老鳥當然沒人要認領這個案子，就丟給我了！老律師只擱下一句話：不要輸得太難看。

我想，我好歹也是非常用功只拿過A的好學生，**再怎樣沒希望的案子也要有用心處理過的樣子**，別慌，先從頭仔細看看全案吧！嘿，這一看，居然讓我發現一個法律漏洞：這個案子以前就是魔頭法官下漲價命令，現在居然又碰到魔頭法官要做裁決，就像擬規定的人同時做裁判一樣，是不公平的！民法第P章有明確說明。我當場決定申請臨時動議，要求重新指派別的法官來審此案。

巡迴法庭裡有八個法官，案子到了，理論上是由祕書分派法官，但是這個魔頭法官老是自己挑年輕律師的案子處理，享受在法庭上羞辱律師的快感。每個年輕律師總是戰戰兢兢，極盡巴結討好，希望別被罵得太慘。那天大概是他第一次看到居然有人膽敢要求換法官，法律上的規章雖然如此，但是實際上不會有律師做這種要求，大家心知肚明，只要當律師一天就會和同一個法官再碰頭，所以關係得打好，可是我的個性就是不願意低頭，緊抓著法令不放。

法官當場拍桌站起來罵人，我也不示弱大聲頂回去！威脅法官，不管他的裁決如何，我都會上訴！眾目睽睽之下，老經驗的法官臉漲成紫

黑色……突然詭譎地一笑：「被告暫時不羈押……」哈！這表示我的被告無罪！連法官都不用換了！

「Now，威廉斯，你的S-72表格在哪裡？」

我當場傻住！我只想盡辦法要換法官，以為換成之後再定下次出庭時間，根本完全沒有準備這個案子的文件！「報告庭上，我以為這次出庭只是決定我的被告是否有罪。」

「威廉斯，你以為法院是你家開的啊！由你決定辦什麼案子？由誰辦案？」

「報告庭上，對不起，我沒準備表格。」

「那還站在這裡幹嘛？現在就填！你的被告月薪多少？」

「報告庭上，我不知道。」

「不知道？快問啊！」

就這樣，全法庭的人看著我什麼都不知道，在法官和被告之間傳話，丟臉至極！法官玩夠之後，我的名字也從此被所裡改成Mr. P Rule。

2、就地分贓

「你覺得呢？」

我愣住了！我不過是個剛畢業的毛頭小子，才二十五歲！為了看起來有分量一些，剛蓄了小鬍子、增胖三十磅，當時只是個小跟班，連菜鳥律師都稱不上！

法學院最後一年有堂實習課，我申請到司法部當見習生，負責幫聯邦律師上網找案例。三十多年前，電腦還是龐然大物，私人機構都不見得有，但是政府部門就不同了，不僅配備完善，連資料庫都不是外人碰得到的，學校還在教怎麼從書海裡查案例時，我就已經在享受科技的神奇了！當然啦，直接翻書的功夫我也是有，然而很悲哀地，現在的我早變成現存律師裡，還知道怎麼查書的稀有動物，這真是歲月附贈的神祕酵素，唉，離題了！

　　那年啊，我碰到一個案子，一家有名的連鎖旅館撿到一個裝了四千萬美元的皮箱，聯邦、州政府、旅館老闆和清潔工都想搶錢。我負責幫聯邦律師找資料，可是因為行政程序，搞到我畢業，案子都還沒完結。

　　還沒拿到律師執照前，老律師只讓我跟著其他律師見習，很巧地，我又碰到這個案子！但是這次我換了邊，幫的是旅館老闆，我請示了老律師後打電話問聯邦律師，他說沒關係，我沒接觸過任何機密檔案，介入這個案子不成問題。

　　這個案子看起來簡單，撿到錢應該有法定程序備案，然後按規定找失主銷案。可是四千萬美元在一只皮箱裡沒人認領，傻瓜也知道必定來路不正。聯邦推測是毒梟的獲利，按照毒品相關條款，贓款屬於聯邦政府，必須無條件繳交；州政府呢？持發現地原則，想來分一杯羹；旅館老闆找上我的事務所，專責的三線律師辯稱沒有證據證明是贓款，所以

應該是拾獲人所有，但是清潔工是旅館雇員，不得私自佔有失物，所以四千萬美元應當歸旅館⋯⋯全案交涉了一年，毫無結果。

這裡面最急的是旅館老闆，其他人說起來只是領薪水辦事的人。開庭前，旅館老闆忍不住找了所裡的專責律師吃飯，專責律師要我一起去。席間，六十開外的精明老闆聽完專責律師振振有詞的必勝保證，突然轉頭問我：

「你覺得呢？」

我愣住了！我不過是個剛畢業的毛頭小子，才二十五歲！為了看起來有分量一些，剛蓄了小鬍子、增胖三十磅，當時只是個小跟班，連菜鳥律師都稱不上！

「我？」我和專責律師交換眼神，硬著頭皮把前幾天跟他報告過、沒被採用的看法重述一遍：「我認為，雖然各方都有各自的論點，但是聯邦政府有的是時間和金錢跟你耗，四千萬在他們來說又不是了不得的數字，但是重點是被判輸的話，以後案例追尋下去，是輸永遠，他們不會放棄的。現實的對策應該是私下和解，能拿多少是多少，免得上了法庭，一毛錢也拿不到⋯⋯**和解並不表示輸掉案子。**」

商人低頭沉思，一分鐘後抬頭看我：「就聽你的。」

專責律師瞪了我一眼，冤枉啊！我又不是故意的！客戶問我話，我能不答嗎？

案子順利和解，聯邦政府拿走大半的錢，州政府啃掉一小塊，旅館和清潔工也舐了一些，商人賞了我們事務所一筆佣金，可是記在專責律師名下，我呢？是唯一沒分到一毛錢的，我領的是新進職員的乾薪。不過，等我拿到律師執照後，第一個成為我正式客戶的，就是那位旅館商人。

「我要你當我的律師！」

這句話成了我工作上最好的振奮劑，而那名專責律師，後來因為處理客戶遺產不當，被吊銷執照。人生際遇之神奇，只在一瞬間。

三十多年來，當年六十歲的商人，年年都邀我去他的海濱別墅度假，我們成了忘年之交，算是工作以外的附加價值吧！

3、法院外的階梯見！

Oh！My God！她是西班牙人！好久沒聽到正統的西班牙腔了！我像聽到鄉音一樣，特地在走道等她，準備和她用西文攀談。她一聽見我用西文跟她打招呼，也像見到親人一樣，嘰哩呱拉地問我哪裡人？「美國人啊！」我說。

即使已經拿到執照，在整個事務所裡，我還是所有律師的兒孫級。老律師快退休，每天只是來巡視他的版圖；二線律師忙著申請法官職位，中午以後就出去和政要打高爾夫；三線律師總吆喝其他囉囉中午跟他去喝小酒，我新來乍到，得識時務跟從，不能太有意見，做不完的事只能加班。可是久了，所有律師都看出我的利用價值，開始把自己的案子一點一點丟給我。

我當然還不是事務所的合夥人，還不夠格，所以領的基本薪水裡就包括得支援其他律師，壓根不能埋怨，只想著哪天資歷夠了，成了合夥人，我也可以只上半天班，把工作丟給新人，然後輕輕鬆鬆領大把銀子！

有天，我聽見二線律師的大嗓門女客戶，在隔壁房間跟他談完新案子後，又開始叨叨念著拖了二十年的舊案。

「想出辦法幫我了嗎？這麼多年了，我既沒辦法做重新貸款降低利息，也沒辦法做二次貸借錢，拖著兩個孩子，拜託再想想吧……」

英文裡夾著濃重弄舌口音！Oh！My God！她是西班牙人！好久沒聽到正統的西班牙腔了！我像聽到鄉音一樣，特地在走道等她，準備和她用西文攀談。她一聽見我用西文跟她打招呼，也像見到親人一樣，嘰哩呱拉地問我哪裡人？「美國人啊！」我說。

「那你父母是西班牙人囉？」

「不是，也是在地老美。」

「他們會說西班牙文？去過西班牙？還是祖父母……」

「都不是，我大學的時候學的。」

「Oh！My God！你的西班牙話說得真好！」她也叫出來！然後開始跟我訴苦，說著她的懸案，說二十多年來她找遍鎮裡的律師，沒人幫得上忙，經濟越來越拮据了……

我看她四十多歲，身材還保持得不錯，看得出年輕時是個大美女，二十多年前和前夫離婚，分居時法院判了臨時裁決，要前夫每星期付四十美金的小孩撫養費，可是才付了幾個星期，前夫就跑回西班牙，沒再回來。

「小孩的撫養費沒繼續付也就算了，房子是我們兩個共有，他也不肯簽字賣掉或重做貸款，怎麼逼他都不理，讓小孩去西班牙找他，要他簽字，他死也不肯，這麼多年我就靠在醫院打雜養孩子、付房貸……怎麼這麼沒天理啊！」

故事很令人同情，我安慰她，會找時間看看她的文件，她一聽有人要幫忙，抱著我左頰右頰地親，還進去剛剛二線律師的辦公室極力稱讚我的西班牙話。所裡的人除了看過我的履歷以外，沒人真正聽過我講西班牙話，忌妒加驚訝，我有點抱歉搶了其他律師的鋒頭……可是，喔！我親愛的西班牙！

西班牙人走了以後，二線律師找我進去，給了我一箱舊檔案：

「這個案子麻煩在離婚了，但是沒有法院判決該付多少撫養費或贍養費，男方就跑了。唯一有的是分居時的『臨時判決，pendente lite』，但是這是屬於正式判決沒下來前的臨時判決，沒有永久效力；房子呢？屬於兩人共有，因為離婚各分一半，所以沒有男方的簽字，不得做任何買賣。另一個更棘手的問題是，男方律師在男方出國前要男方簽了一份協議，用房子扣抵任何沒付的律師費，也就是說，男方律師隨時可以申請拍賣房子，拿回律師費；一旦女方想盡辦法處理掉房子，就得付那筆律師費。那筆律師費經過二十多年的利息滋長，已經有一萬多美金了！當然啦，男方律師現在已經是法官了，不可能會逼可憐的單親媽媽付那筆錢，可是和男方簽的協議，現在還在以前的事務所裡，事務所雖然不會申請拍賣，但是只要單親媽媽拿到錢，也不需要講情面。」

嗯，**越具挑戰的案子越能激起我的鬥志**！我開始在喝水、吃飯、看電視，甚至睡覺的時候想辦法，抓出每份舊文件仔細研讀，然後拿出一張紙寫目標，越簡單越好：簡單說，就是整棟房子的所有權是共有的，即使離婚，男方沒付房貸，法院也沒有效力把房子判給女方，「要法院直判」這條線，其他律師想過了，行不通。

那麼pendente lite呢？其他律師都認為既然是臨時判決，就沒有永久效力。我不覺得，因為法律條文絕對不是「理所當然、想當然爾」這麼

單純，得跳出框框，拋除常識來想。我覺得在永久判決沒下來前，這個臨時判決就有效，這是個保障孩子能得到撫養的條例，即使父親沒工作也得付單親媽媽最低撫養費來照顧美國幼苗，所以，沒有永久判決，父親就得持續每週付四十美元，算二十年，加上一半房貸和利息⋯⋯足夠買回半棟房子！

是的，買回半棟房子。可是男方不願簽字賣啊！又走回其他律師試過的路。

等一等！那麼，只賣一半總可以吧？女方擁有一半房子的所有權，那就賣一半啊！有誰會想來標一半的房子，陷入糾纏呢？至於欠另一個律師的費用，就私下跟那個律師事務所達成協議，付給他們一萬元解除協議！我可以打電話商量，讓他們以每個月付五十元通融，放心，這個社會沒人敢擔逼迫單親媽媽的罪名！

「這樣保險嗎？萬一真有人來競標呢？」

「妳可以馬上中止拍賣。」

「然後呢？」

「再另擇日期拍賣，沒人競標的話，妳就可以用底價自己買回。」

「真的嗎？會不會有差錯？」

「試試看不就知道了？不然，再等二十年嗎？放心，不會有問題的，最差也是現在的樣子！」

西班牙婦人總算被我說服，我知道她只是半信半疑，讓這個跟她兒子差不多年紀的新律師孤注一擲。

法院拍賣通常就在法院門口的階梯上，有興趣的人在階梯上坐成排，每項投標喊三次，每次間隔一小時，所以如果沒人有興趣，婦人也得等三個小時，才能結束這個刑期。

第一次喊標時，她緊張地牙齒打顫、面目蒼白，可是一大票人聽到只賣半棟房子，面露不可思議的神色後就轉身離去，我知道，勝券在握了！

喊到第三次時，西班牙婦人的指甲已經掐進我的手裡，法院拍板：

「Sold！」

婦人當場哭了出來！抱著我稱謝，二十多年的夢魘終於解除，她擁有自己的房子了！

幾天後，她邀我去她家。進門就看到她年輕時和西班牙王子在舞會的合照，王子後來成了國王，只是新娘不是她。原來，她父親是個將軍，在西班牙還有棟古堡！精緻典雅的屋內擺著許多婦人舊時風光的獨照、父親的軍服和寶劍、西班牙風的家具、後來自己修補的西班牙典型灰泥牆 stucco，和角落裡，許多被層層燭淚包裹的燭臺……時光、空間，在主人刻意經營下，被搬回西班牙，一個屬於她的國度，一個世紀末的貴族……。

我自此認識了許多婦人說西班牙話的朋友，成了鎮裡眾所皆知懂西班牙文的律師。

4、幫性暴露狂辯護

我開始微笑，為什麼警方沒備案呢？因為是不利的證據，所以被銷滅了！很好，我拉好西裝，準備去警察局哈拉。

只要沒有新人來，我就是所裡撿破爛的律師。沒人要、看起來又穩贏的案子，都是我的。這天，剛跟被告談完，就接到報社的電話，問我對幾天後將開庭那件社區大案的看法？我憑直覺很有正義感地回答：

　　「我會證明我的被告是清白的！」一掛電話，我就知道說錯話了！God! Am I stupid!?

　　果然隔天，我的名字就上了頭條。

　　所裡律師都用無可救藥的眼光訕笑：這個菜鳥！哪有還沒開庭就透露風聲的？萬一輸了，不是挺難看的嗎？這樣一句話就把自己做死，無知啊！況且看起來根本是穩贏的案子呵！頭殼壞了嗎？

　　我當然知道說錯話了，可是當時直覺如此，想伸張正義的正氣讓我一下子剎不住車！好啦，到底是什麼案子，即將損我英名呢？

　　據說，上星期五晚上，在一所高中校園，一輛墨綠轎車停下來，駕駛招手向路邊的高中女生問路，女孩靠過去，看到變態駕駛裸露下體後，尖叫跑開，車子頓時逃逸，但還是被路人甲看到。警方根據受驚女孩的描述，找出學校紀念冊，經女孩指認一名高中老師；再經路人甲確認該名教師的駕車和作案者相符；警方接著又巧妙詢問該名教師，確定當晚的確曾行經高中校園，當場以「不當暴露」和「涉嫌猥褻」兩項罪名下拘捕令，予以收押。警方並查出該名教師去年曾因教游泳時，不當碰觸女學生而上報，證實嫌犯看來是累犯了，絕對沒抓錯人！

被告交保後，首先跟我說明絕對是認錯人了！當晚他的確經過校園去修車廠修車，有車廠老闆可以做證；況且身為本校教師，怎會笨到做出如此傻事？再來，曾上報的案子後來經其他在場的學生證明無罪，他根本沒有犯罪記錄，何來累犯之說？

　　「可以申請陪審團嗎？絕對不是我！」

　　「陪審團更不利，因為常人總會維護可憐少女，沒人會相信你的供詞。沒有陪審團的話，只需要說服法官一人。況且即使敗訴，再申請上訴後，換到巡迴法庭，陪審團就變成必要的了，你若想跟陪審團解釋，有的是機會！」

　　被告看起來跟我年紀相仿，三十出頭，已婚，太太也來了，身材姣好，美麗動人……欸，有這樣的老婆，好像沒必要再去猥褻少女，除非有病！要不，就是我有病！可是我的直覺一向很準，不會背叛我的！

　　慘的是，我現在連從哪裡開始找證據都還不知道，話就說出去了！嗯，先看紀念冊吧。我打開學校紀念冊，扣除所有年齡不超過二十歲的學生，只剩下不到三十名教師。扣掉女老師和白頭髮、黃頭髮、膚色顯然太黑的男老師，就只剩下兩名「黑髮、白人、三十出頭的男人」！二選一，被女孩選中的機率是百分之五十！更何況為什麼警方單單只拿這本紀念冊給女孩選？而不是別所學校？或是調警方罪犯檔案？警方既沒說明，到了法庭我就可以提出辨認選擇不夠，不足採信。

然後，我找路人甲。是名高中女生，她只記得車子是墨綠色，就提不出任何線索了。但是卻透露另一名女同學也在場，我翻了一下檔案，並沒有在警方提出的證人名單中。

　　接下來，我約談受驚女孩，要求她重述當時案發的情況。

　　「我正要回家，後面有人叫我，我回頭，看到一部墨綠色的車子，駕駛探出頭來問路，黑髮、白人、三十出頭，我聽不清楚問話，他招手要我靠近一點，我走過去，就看到噁心的東西！然後就尖叫跑了！」

　　「妳還記得其他特徵嗎？比如什麼色的衣服？有沒有鬍子？有沒有戴眼鏡？」

　　「我不記得，我一看到那東西，轉頭就跑，哪會再多看他一眼！」

　　「好，謝謝妳的合作。」對於約談，我總是很低調，盡量讓對方不產生敵意，取消防衛。

　　我再去找傳說中也在場的路人乙，那女孩住在很偏遠的山上，費了好些功夫才讓我找到。她羞澀親切，和前兩位都市驕女不同，是很典型的農家女，她給了我很驚人的線索！

　　「我覺得不是那輛車，顏色雖然一樣，但是車輪不同。那部車有很特別的車輪，看了讓人忘不了！」

　　我相信，對一個沒什麼娛樂的鄉下孩子，研究路過的車是最好的消遣，因為我也對車子很感興趣，尤其是有特色的老車，一看就知道是哪

年、哪個廠牌、哪型的車？只是，為什麼這麼重要的資訊，警方沒有採用呢？

「警察找妳約談過嗎？」

「找過啊！」

我開始微笑，為什麼警方沒備案呢？因為是不利的證據，所以被銷滅了！很好，我拉好西裝，準備去警察局哈拉。

分區警局只有兩名警察：一名警官和一名警員。我假藉重看紀念冊、重看被告檔案，一有空，就繞過去和警員聊天，做點交情：抱怨被分到這麼倒楣的案子、又笨到跟報紙打包票被告無罪，現在想破頭也不知道怎麼翻案？警員拍拍我：「年輕嘛！勝敗乃兵家常事，要經得起考驗！」

可是他忘了，年輕人最大的本錢就是不服輸，即使一定會輸，也不想輸得讓人覺得沒努力過。我的被告是老師，如果他真的犯案，肯定想辦法和解銷案；況且，看起來證據確鑿了，還堅持要陪審團，不肯認罪，或是懇求減刑，反而選擇長期抗戰？再者，這案子等開庭已經拖半年了，校方也因此做了暫時停職處分，以後會不會再續聘？攸關被告的教職生涯！客戶如果有罪，怎麼會要繼續拖下去？

我想到路人乙的供詞，問警員：「還有別的證人嗎？」

「沒了吧？我沒看到。」警員匆忙結束談話，低頭翻弄桌上文件。

我告辭離去，警員的態度顯然是在隱瞞證據！現在，如果座車不對，重點就是：如何讓法官相信路人甲的證詞不足採信？如何證明受驚證人認錯人了？

　　我不是天才，我一向用最笨的流程圖推擬想問證人的問題，如果問A，答案可能是BCD，再從每個答案下衍生新問題abc，問題從邊際性指向關鍵性，被問的人剛開始沒心機地回答，回答到後來，才會發現通向我的結論，但是已經太遲了，回不去了！

　　這些問題，我總是反覆練習到不需要看稿，如果哪個律師出庭還得看稿，威信就掉了一半！當然得避免！我習慣找個最乖的聽眾，對著「她」質問，演練到純熟為止，「她」？就是永遠崇拜我的「Lady」，我的愛犬。

　　當天早上，我照例在家裡大聲放柴可夫斯基的《1812 Overture》交響樂，聽著隆隆砲聲，打上紅色戰鬥領帶，給自己增加鬥志。

　　開庭後，檢察官開始他的開場白，然後輪到我簡單介紹全案，我喜歡言簡意賅，沒人想一開始就聽大道理。接著是警方的報告，我馬上提動議：

　　「報告庭上，那本紀念冊裡面，扣除年齡不符、性別不符、膚色不符、髮色不符，只剩下兩人！讓證人從兩人中選一人，顯然基礎不夠，我請求視為無效。」

「Objection！」檢察官馬上站起來反對！

「Motion denied！」法官在我意料中駁回動議。沒辦法，這樣的犯罪案子，實際上是政府告嫌犯，沒有原告。警方的話很少人會懷疑，律師的話？總讓人起戒心，先天上就不平等。

再來就是提證人了，檢察官先提路人甲，問完話後該我。

「請問當晚妳看到車頭還是車尾？」

「我看到車頭。」

「請問車子是什麼顏色？」

「墨綠色。」

「記得什麼車型嗎？哪個廠牌？」

「不記得。」

「記得有什麼特色嗎？」

「不記得。」

「看到車牌嗎？」

「好像有。」

「有什麼特別的地方嗎？」

「沒有。」

我拿出被告車子的照片：「報告庭上，被告是外州車牌，車頭不需要有牌照，但是被告的車商放了有車商名字的牌子在車頭，有很醒目的

黃金大字，可是證人沒看到，我想再傳員警。」

　　警員被我再傳有點詫異，他在半年中和我稱兄道弟，哈拉慣了，沒想到我突然變臉：

　　「警察先生，請問有沒有約談過某證人？」我單刀直入。

　　警察朋友很不情願地回答：「可能有吧，太久了，我不記得。」

　　「不在你的備案資料中。」

　　「警局每天都要跟很多人約談，沒加此證人的記錄，我想是跟前一位證人沒特別不同。」

　　「我倒覺得可以多一些線索。報告庭上，我想約談另一位證人。」等路人乙就位後，我反覆提問為何她能確定不是同一輛車？故意懷疑她的證詞。所有的人都被我弄得莫名其妙，自己找的證人還懷疑，不知道我的重點是什麼？但是原來以為我是來搗蛋的法官，漸漸抬起眉毛說：「威廉斯，十幾歲剛能有駕照的孩子，對車子都很有興趣！」

　　「報告庭上，我問完話了。」原先只是來畫押的法官，總算醒了！瞧見案裡的玄機！我回座，等著檢察官傳他最重要的第一手證人，精采生動地講述當天案發經過後，就輪到我了，好戲才剛要開始呢！

　　「請問，妳確定被告是當晚的犯案者嗎？」

　　「確定。」

　　「百分之百確定嗎？」

「是的。」

「妳記得嫌犯是『黑髮、白人、三十出頭』？」

「是的！」重複問話讓證人開始不耐。

「妳記得他穿什麼顏色衣服嗎？」

「不記得。」

「不記得？是忘了還是沒看清楚？」

「沒看清楚。」

「妳記得嫌犯有鬍子嗎？」

「不記得。」

「也是沒看清楚嗎？」

「是的！」

「當天幾點妳記得嗎？」

「大約晚上八點半。」

「天黑了嗎？」

「天黑了。」

「看得清楚嗎？」

「不太清楚。」

「所以妳記得嫌犯有戴眼鏡嗎？還是看不清楚？」

「看不清楚！」

「妳在嫌犯招妳過去，看到不想看的東西後，有再看嫌犯一眼嗎？」

「沒有！」

「為什麼？」

「因為很震驚，不想再看，就跑了！」

「所以妳只在嫌犯招妳的時候，看了他一眼？」

「是的。」

「大約多久呢？一秒鐘？兩秒鐘？」

「大約兩秒鐘吧。」

「好，所以妳只記得嫌犯是『黑髮、白人、三十出頭』，當警察拿紀念冊給妳的時候，妳還記得嫌犯的樣子？」

「是的。」

「這是那本紀念冊，裡面扣除年齡不符、性別不符、膚色不符、髮色不符，只剩下兩人，所以基本上，妳是從兩人中選一個比較像的？」

「Objection！」檢察官馬上站起來反對。

「Overruled！」抗議駁回！法官認為我可以繼續跟證人提問。

「妳只看了嫌犯兩秒鐘，天色很黑，看不清楚其他特徵，但是妳確定是兩人其中之一？是不是妳只是從兩人中選一個比較像妳當晚看到的？」

「我不知道！」

「妳不知道，因為妳不確定，妳神色慌張，因為妳根本不想再看那人一眼，根本想忘掉這個人，對不對？」

「Objection！」檢察官反對。

「Overruled！」反對駁回，繼續提問。

「妳下意識想忘掉這個人，對不對？」

「我不知道！」

「當妳看到警方給妳紀念冊，妳是不是覺得妳應該從裡面挑一個？」

「也許是吧，可能。」

「但是符合妳印象的條件不多，所以妳選了一個比較接近的？妳並非百分之百確定嫌犯就是犯案者！」

我反反覆覆逼問證人兩小時，她的口氣從原先確定的語氣，變得閃閃爍爍，最後痛哭失聲：「我以為我必須要從紀念冊選一個！我不記得他長什麼樣子！可是我也不要同學看我什麼都不知道！」

逼一個小女生認錯有點狠心，可是為了另一個人的清白，我必須如此！

開庭一整天，終於結案。我一出法庭，好幾家報社的記者把我圍住，記者們站在庭外層層下降的階梯上，我站在高高的門廊上，有點忘

了自己是誰！

　　辯護律師通常以案計價，這個案子我只為所裡賺進一千元（和被告的美麗太太私下給的一條煙），可是勝訴的興奮不是金錢可以形容的（看到煙的興奮不在此限），什麼辛苦都值得！

　　當了律師之後，週遭朋友最常問的問題就是：**如果認為你的被告真的有罪，還繼續幫他隱瞞真相嗎？**或是：**你的原告根本就是栽贓想脫罪，也要助紂為虐嗎？**其實問題沒有那麼複雜，**律師的職責是確保客戶的權益與法律賜給的權利，是否有被侵犯？整件案子是否遵循法律程序？司法的公正精神是否受到維護？**至於誰有罪？誰無罪？不是律師的責任。所以客戶說無罪，提出無罪理由，我就必須確保公眾聽到他的聲音；若是客戶自承有罪，我當然不能幫著隱瞞，必須請他認罪，要求從寬量刑，否則我也成了共犯，客戶自承有罪卻不願認罪，只好請他另請高明。但是基於職業道德，我不能以客戶的供詞對其他律師提供線索，就這麼簡單！

　　也許有些人還是會懷疑整個案子是否是菜鳥警察辦事不力？證據沒收齊？領薪水的檢察官原本就沒辦案壓力，剛好踢到鐵板？或者是我這個辯護律師太高竿，很技巧地幫我的客戶脫了罪？畢竟嫌犯還是沒落網啊！目前只是無法證明我的客戶犯案而已！

　　沒錯，這是合法的懷疑。記者先生小姐們和我受過類似訓練，報導

此案時難免留條尾巴，而且故意把無罪獲釋的結果塞在報紙角落裡！和當初剛爆料時聳動的標題有天壤之別；怎樣獲勝也沒說，甚至連我的名字也不提了！

這樣的情形其實出過好多次，受訪了半天，報紙刊出來的時候全是錯的，打電話去更正嗎？為時已晚。有時候張冠李戴，把我說的話寫成是對手律師說的；或是只登了一句我說的沒頭沒尾的句子，讓我看起來像是笨蛋！更離譜的是，還會拼錯我的姓！

半個月後，真正嫌犯終於落網，被當場抓到。我在之後剛好出庭一個酒後駕車的案子，在法庭上看到一位熟悉的背影，看起來像是短捲髮富態的黑阿姨Aunt Jemima（美國有名的冷凍鬆餅早餐廠牌用的非裔媽媽頭像），就是那位把我的姓拼錯的記者！我從後面不聲不響地靠近她耳邊一字一字地拼我的姓，她送我兩枚白眼，以為我在給她性騷擾！這以後，我總故意在每次碰到她時，就拼我的姓跟她打招呼，久了她也習以為常，有案子會改要我寫篇摘要，雖然慧根仍然有限，報導還是出錯，不過，總算沒再拼錯我的姓啦！

5、突破偽證心防

當了律師以後，我常夢想自己也能逮到機會作秀，現在，機會就在我手上，我開始幻想陪審團聽到精采問話時的反應……嗯，不過，對手是義勇救人的消防隊長，我不能讓他當場太難堪，不僅日後敵人形象受損，有失厚道，而且哪天家裡突然失火……

市中心大約是美國每個城市的碼頭，吃喝玩樂，黑道白道，都得來這裡打交道。從我工作的大樓往東走是法院；往西走是銀行；過條街是每天中午大夥去喝酒、打彈珠和撞球的小酒館。小鎮不大，數完這幾棟重要的建築以後，就到底了。不過，再走個五百步，靠近街尾廢棄的工廠和石板橋邊，有一棟醒目的建築，已經整修半年多了，每天總有形形色色的工人進出，也許以前也屬於工廠的一部分吧！紅磚大樓的稜角是石板，每扇圓弧窗的窗框正中也有一塊石板，遠遠望去，紅白相間還算好看。下了交流道直走，看到它，就知道進城了；下班時經過它，肚子叫了幾聲，就想到又過了忙碌的一天，自己正在往回家的路上。

有天清晨，我開著我的大紅保時捷，還不到工廠就看到警車擋了半條街，上班族、店家老闆站滿兩旁人行道……那棟紅磚大樓前晚失火了！玻璃窗被震碎，火焰從樓內竄出，在紅磚牆上留下炭黑魔爪，害我花了半小時開完原本五分鐘的車程！

六個月後，我接到法院公設辯護律師的電話。

「嘿，老P啊？」他還記得我那P法則的笑話！「那棟磚樓燒了，你知道吧？」

「我當然知道啊！那天我在市區開了半小時才到公司！」

「誰叫你開保時捷上班！像我的小本田，隨便丟路邊，走路五分鐘就到了！」

「少挖苦我了！有何貴幹？」

「我忙死了！幫幫忙吧！你知道，警察早收押了兩個嫌犯，口袋都兩光，提不出百分之十的交保金，還要等兩個月才開庭耶！這兩個嫌犯已經坐牢半年了。說來可憐，百分之十也要美金一千五耶！哪個工人付得出來？」

「你要我幫什麼忙？我這裡又不開救濟院。」

「我大略看了一下案子，有些複雜，你知道，我沒時間搞偵查。」

「你是說我看起來像狗仔隊的嗎？」

「你年輕嘛！給你上報機會不好嗎？」

「說有正義感還差不多！年輕也要養一家人啊！現在一個案子給多少？有漲價嗎？」

「公家機關，你說呢？還是一樣，一個案子給五百。」

「吼！哪天我得坐牢了，百分之十的交保金也拿不出來！」

我咕噥完畢，還是接了案子。這幾年接手的案子一多，老讓我為那些所謂「嫌犯」冒冷汗！看佝們也許不信，監獄裡誤抓的好人，其實比路上逍遙法外的罪犯多。DNA科技發明以後，許多死刑犯無罪開釋；沒發明前，你能想像已經誤判了多少人嗎？這也是我反對死刑的原因。

好吧，言歸正傳。

嫌犯甲乙兩人是大樓的整修工人；證人甲是一位住大樓對面的老

太太，聲稱案發早上，聽到嫌犯兩人對大樓指指點點，激動地說：「今天晚上有好戲看了！」老太太還說，她整天在家，沒看到其他工人以外的人進出，也沒聽到其他工人抱怨。證人乙，是大樓工人，證實聽到嫌犯要縱火的抱怨。消防隊的偵查員則以專業訓練，從火勢延燒的情形判斷，此案絕非意外失火，應該是人為縱火，因為火苗分別在兩個不同樓層，各有兩處。當晚搶救的消防人員說，大樓沒有後門或後窗、一切從後面出入的管道，縱火者只能從前門出入。

整個案子看起來人證、物證、理論齊全，警察收押有據。

我沒辦過縱火案，所以午休時沒去喝酒，走了八百七十一步去圖書館。沒辦法，我的腦子閒不下來，如果案子沒頭緒，我會邊聽皮鞋聲邊數步子，常常看到路上零錢，低頭拾起來放進口袋以後，就有靈感了！誰說撿地上銅板浪費時間呢？它們都是我的 lucky pennies！

火災相關書籍很多，報告也多，四個多小時後，圖書館要關門了，我從書堆裡抬起頭，結論是：沒有任何證據是絕對的，什麼樣的例外都可能發生，火就像個超級過動兒，無法捉摸。嗯，很好，看了等於沒看！

回事務所花了我九百八十七步，因為多撿了三個銅板。

我筋疲力竭地爬上三樓，同事都走光了，只有我這個傻蛋還在為兩個月後才能領到的五百元加班。我晃著手上的鑰匙，經過總機、祕書們

的地盤，經過老律師、大律師、中律師的辦公室，走到盡頭，穿過影印間、文具室，才來到我的「辦公室」，那個原先是儲藏室的邊疆地帶，每天都暗示著我在公司的地位！

我癱進旋轉椅，褲袋裡的幸運銅板壓得我睟了兩句！慢點，我趕緊打電話到看守所約談嫌犯，收拾公事包衝下樓！被縱火案的迷團佔據了整個笨腦袋，已經先浪費了整個下午在圖書館，連該約談嫌犯都忘了，也還沒和法院敲定要接案子！

保時捷一下子就衝過一百二十，來到人煙稀少的荒野，看到一棟磚造長條形監獄，專門關罪刑不到一年半的罪犯，平常開車經過這裡，都有點與世隔絕感，看起來怪怪的，不像是人住的地方。

那棟不像人住的地方進去以後，很像一般高中學校，有著長長的走道，兩旁許多小門，我被帶進其中一間，很小，大約六呎見方，中間只有一張桌子和兩張椅子，重重的鐵門在我身後關上，旋起一陣冷風。幾分鐘後，水泥地板上沉重的腳步聲越來越近，穿著大橘色監獄服的嫌犯進來，在我面前坐下，管理員出去，鎖上門。我看著眼前這位長髮落腮鬍的大老粗，打開筆記本。

「不是我！我沒有放火！×！有人想害我！」嫌犯大概是太久沒講話了，一看到我就嚷著。

「慢點，你先回答我幾個問題。」

「你聽我說，╳！我那天在朋友家過夜，有他作證，╳的，我沒有放火！我幹嘛放火呢？雖然那他╳的老闆很討厭！老是遲發薪水，大家都罵啊，╳！」

「等等，公司的資料說當天才發了薪水……」

「是沒錯，╳！拖了三個禮拜了！╳的！每次都這樣，要大家催魂一樣才不甘不願地給！真是天殺的！」

「好，拜託回答問題就好，現在不是開罵的時候，交代一下當天的行蹤吧。」

「那天啊？下班去喝酒，然後就去朋友家了。」

「好，那你的朋友叫……」

「累啊，做苦力的！我們幾個單身漢能做什麼呢？還不就是繼續喝酒聊天，然後就各自去睡了，誰還起來半夜去放火啊？」

「好，那你朋友叫……」

「那天殺老闆！燒乾淨倒也爽人！錢賺得再多也是靠我們的血汗來的，你不知道啊，我……」

我大拍桌子！還沒吃晚餐讓我的脾氣一下子上來！「╳！什麼我不知道？我根本就不用知道！我說了，我不是來聽你罵人的！我是來幫你的！你如果不想在這個鬼地方呆下去，就好好聽我的話，問一句答一句，再囉唆我馬上走人！現在不學著管好自己的舌頭，到時出庭還這樣

無賴，上帝也救不了你！」

落腮鬍這才安靜下來，我抄了落腮鬍朋友的電話和地址；再到警局去繞了一圈，拿到工地老闆和所有工人的聯絡資料、警察約談過的筆錄；又去義消隊拿火災現場照片，剛好，FBI的火災調查報告也來了！

「請問隊長，怎麼FBI的報告說，從檢查的焚燒物判斷，現場是有易燃品？」

「小夥子，不能單從數據看事情。你看，現場的火苗多處，一看就是有人點燃四處火苗起火，延燒的情況看起來也是同時的，如果是意外走火，會多處同時發生嗎？那FBI說的易燃物，恐怕是人為灑的汽油吧？這種情況我看多了！」

「可是隊長您的報告怎麼說沒有易燃物呢？」

「我是指現場工地裡，正常作業的物品都很符合安全管理，沒有易燃物會引起意外走火的發生。」

我腦筋裡馬上閃過一些疑問……可是這裡顯然不是發問的地方，尤其是面對一個叫我小夥子的長字輩。還有，笨頭！又忘了！我得先遞條子去法院正式接案！

好，到底剛才想到什麼疑問呢？很簡單，為什麼FBI和消防隊長的判斷不同？一個是按照灰燼檢驗數據，一個是多年經驗判斷，機器對抗人腦，看來好像人腦的立論稍顯薄弱，為我的客戶稍微加了點分，只要

我再用我這顆腦袋，也許翻案有望！一不留神，我踩多了油門，全身忍不住後仰，完了！我超了一輛警車！警車一下子被我拋到後面，變成一個小點，看不見了！奇怪，怎麼沒追上來呢？說來真的很怪，這種情形發生很多次了！警車似乎有意不追我的Porsche！嘿嘿，不像以前那部老福特，老是被抓！好啦，好運似乎即將來臨。

　　我翻開警局給的資料：工人的聯絡電話和住址、現場附近住戶名單，以及火災後的照片。照片盡是大火肆虐過的足跡：被燒得變黑變形的油漆桶、刷子、音響、啤酒、去漆油……散亂一地。地板上有兩個黑洞，顯然是消防隊長說的起火處，相距大約六呎。工地一共三層，除了一樓以外，二樓和三樓地板各有兩個大火燒穿的洞，而且距離相似，乍看一下子分不出樓層……我好奇地把兩張照片抽出來左看右看，重疊上去……啊哈！完全吻合！火苗應該是竄燒上去的，也就是說，起火點不會是四處，頂多兩處，甚至一處！因為相隔六呎的火苗，可能由主火苗跳燒形成！書上不是說了嗎？火是超級過動兒！

　　我大喜過望！人為縱火有轉圜的餘地了！我瞪著兩張幸運照……咦？後面那兩個會透光的是什麼？是窗戶！消防隊長不是說沒有後窗、後門、一切可以從後面出入的地方嗎？那這是什麼？還兩扇喔！

　　有一部很好笑的法庭經典電影叫《My Cousin Vinny》，劇中剛出道的律師Vinny指著照片上髒得看不清楚外面景物的玻璃問：「請問這是

你的窗戶嗎？」

「那這個擋在窗戶前的東西叫什麼？」

「對啊，是樹叢沒錯，好大一叢耶！我好像沒辦法看穿樹叢，看到樹叢後面的東西耶！你說呢？」

當了律師以後，我常夢想自己也能逮到機會作秀，現在，機會就在我手上，我開始幻想陪審團聽到精采問話時的反應……嗯，不過，對手是義勇救人的消防隊長，我不能讓他當場太難堪，不僅日後敵人形象受損，有失厚道，而且哪天家裡突然失火，後果不堪設想！更何況，誇張嘩眾的表演，在現實法庭裡還是禁忌遊戲，法官不吃這套，從實舉證還是上策。

隔天，我去拜訪火災對門的老太太，說明身分後，老太太很熱絡地邀我進去。老太太獨居，行動不便，幾乎天天在家，每兩個星期才有親人帶去買菜，經濟狀況看起來不太好。

「我整天就坐在這個窗戶邊，無聊哪！還好可以看看風景。那天，就是在那裡，樓下，兩個小夥子笑得很大聲哪！說今天晚上有好戲看囉！喔，真缺德啊！沒想到晚上就起火了！那些年輕人啊，真是！」

「沒看到其他人啊！就只有工人進進出出，我看得很仔細的，除了去洗手間以外，吃飯也坐這裡。」

「再想想啊？可能有校車經過吧，對，有一部校車停下來接送隔壁

棟的小孩！」

「其他工人嗎？沒聽到抱怨啊，就那兩個火氣最大！我看就是他們了！保羅也說他們成天詛咒老闆！」

「保羅啊？」老太太眼光閃爍，聲音轉小：「嗯，保羅就是我姪子啦，他會來帶我去買菜，人很好。」

「對，是他沒錯。先生你這麼年輕當律師啊？真有出息，你父母有福氣啦！不像我沒人照顧……要不要吃點餅乾？」

我起身告辭，老太太雖然慈祥和藹，餅乾也香味撲鼻，可是聞到漏洞更重要！哪有校車呢！那天是馬丁路德日！還有，怎麼會沒有其他人車經過？我的辦公大樓也在同一條街，餐館、銀行、郵局……每天都有送貨進出辦事的人。我索性到旁邊商家繞了一圈，統計的結果是至少二十八輛大小貨車曾經停下來辦事，擋住工地入口的視線不說，閒雜人等可以混入的機會也不會少！這些人車老太太都沒看到？怎麼會這樣？睡著了嗎？

再來是另一個證人保羅，居然就是老太太的姪子！證詞跟老太太一樣，聽到嫌犯富有隱喻之詞。不過，嘿嘿！他在工地工作的時間顯然不太久，才剛來，刻薄一點說，只做了兩個小時！這到底是怎麼回事呢？我坐下來嚼我的三明治，整個案子，雖然剛開始像被人從樓上一把推下去，必死無疑，還好我反應靈敏，還沒落地兩腳就開始跑，現在要落地

了，居然沒死，還快衝到終點！哈，我準備地差不多啦！

開庭前幾天，我照例和嫌犯做模擬，演練一切檢察官可能會問的問題，並交代他：回答越簡短越好，別犯老毛病；出庭當天千萬儀容整齊，刮一下鬍子；至於服裝？沒別的選擇，乖乖拉好監獄服吧！別嚇到陪審團就好。

陪審團的名單在前幾天拿到，我擬了兩個版本。如果當天書記宣布從上到下選十二名，我就用版本A；如果宣布從下到上選，我就用版本B。這有點重要，但也不完全重要，怎麼說呢？通常名單有四十名左右，讓雙方律師或檢察官各踢除十名，剩下的人選再由書記採以上方法確定，以示公正。

我的客戶是嫌犯，給一般人的印象不會好，想在陪審團的人選裡挑稍微有點同情心的，就得靠經驗了。雖然我很不贊成既定成見，但是人性，還真的稍微可以分類。黑人、藍領階級、失業人士，比較聽得進嫌犯律師的辯護；複雜一點、有科學數據的案子，最好選專科以上的知識分子。這個案子呢？當然得避開商人、銀行家或是老太太。名單上有人名、年齡、此人的職業別和配偶的職業別，雖然沒有性別，但是大致可以猜出；從姓上面也看得出人種和國別，要是碰到例外，那麼我的成見也會有例外，也許正好互相抵銷。

出庭當天，書記宣布陪審團的挑選方式後，我馬上遞上我要踢除

的名單，然後，在這個空檔，給那些戴著號碼牌的陪審團候選人一個微笑。對手檢察官則是當場才決定，像個忘了寫作業的學生，自亂陣腳又引人側目，書記早已等得有些不耐，嘿嘿，這種場面，能免則免吧！

陪審團敲定後，我幸運地得到一個黑人，但是也瞄到一個服裝體面的英籍老太太。

檢察官就位，開始他的開場白：「我的上司是才剛當選的州律師，」原來今天的檢察官是個助理！他口裡所謂的州律師就是我們說的檢察官。可是幹嘛要提到剛當選的上司呢？讓人聽了很不爽，上司是誰跟本案有關嗎？只是想把頭銜抓出來嚇唬陪審團吧？但是我也沒提異議，不想一開始就在這種枝節吵。

我繼續聽完助理檢察官說明此案，該我開場。

「剛剛『助理』檢察官說，他會證明嫌犯有罪；但是今天我會指出許多疑點，讓各位陪審團決定嫌犯是不是應該無罪獲釋。」

接著，助理檢察官開始提問消防隊長如何判斷是人為縱火？消防隊長說，當場的實地勘查顯示，火苗有四處同時起火，看起來就是人為縱火。

「有可能是意外起火嗎？」助理檢察官繼續問。

「我和研究小組做過多次實驗，把煙蒂丟進油漆桶，並沒有引發起火，意外起火其實沒有想像中簡單。」

「謝謝隊長的說明。」助理檢察官坐下後,該我了。

「請問您剛剛說把煙蒂丟進油漆桶,可是,您有沒有試過拿著煙頭在油漆上距離大約一吋呢?」

「喔,這樣不行!當然沒有試過。」

「為什麼呢?因為可能把頭都炸掉對不對?所以其實起火不需要火,只要能引爆的氣體到了一定溫度後,就能引爆!就像特技演員,可以用手指捏火焰一樣,可是他們不會把手放在火焰上方,因為火焰本身的溫度不高,火焰上方的熱氣溫度才高!我這樣解釋對不對?」

「有可能。」

「所以FBI的報告說,當場是有易燃物,比如油漆。我們在現場也發現一些點火棒的殘骸,如果加上菸蒂在附近慢慢加溫,就可能引起火災,是嗎?」

「是的。」

「案發當時是酷暑,這篇研究報告說,密閉沒有空調的車內溫度,在半小時內就會上升到比室外高至少華氏二十度,請問隊長同意嗎?」

「同意。」

「這個工地沒有空調,平常工作時可以開窗,收工後窗子關閉以後,就像一輛悶熱的車子,尤其是靠窗戶的地方,如果剛好向陽,熱氣更高。說到窗子,請問隊長,您說工地沒有從後方出入的管道,可是這

張照片，」我把照片遞過去。

「喔，是我的疏忽，是有兩扇窗戶。」

「背面的窗戶朝東，下午沒有陽光比較陰暗，也許讓你因此沒注意到。但是正面的窗戶西曬，工地開工早，清晨六點；收工也早，下午三點，剛好是最熱的時候！四個燒穿的地板都在窗戶邊，而且兩層樓的起火處正好重疊，」我遞給隊長兩張火場勘查圖，「請問隊長的看法？」

「這？我倒是沒注意……現在看來，很可能是火苗像水柱一樣往上衝或是瞬間爆衝上去；也可能是燒穿地板，再向下延燒……」

「謝謝隊長，所以火苗可能不是四處同時起火，而可能是兩處？」

「是的，也可能只有一處，火星跳到旁邊引發另一個定點起火。」

「謝謝隊長詳細的說明，我沒有別的問題了。」

助理檢察官有點吃驚，轉身提問保羅。

「請說明當天聽到的對話。」

「那天中午吧！我聽到兩位先生的對話……就是庭上這兩位先生，說，今天晚上有好戲看了！」

「有手勢動作嗎？」

「有有！就指著我們的工地大樓！」

「謝謝你的證詞。」助理檢察官就座，我深吸一口氣。

「請問您在工地的資歷多長？」

「嗯……沒有很久。」

「沒有很久是多久？」

「好像就一天吧！」

「喔，就是案發當天？」

「是的。」

「幾點到幾點呢？」

「我忘了！我說了，不久！」

「是很容易讓人忘記，因為只從一點做到三點，兩個小時！」陪審團爆出笑聲！

「好像吧。」

「可是你倒是記得哪兩個工人說了什麼話！你這方面的記性不錯！」

「謝謝。」

「請問記得當天街上有貨車卸貨送貨嗎？」

「Objection！」這個助理檢察官很愛抗議。

「Overruled！」法官駁回抗議。

「好像……好像有，有！我記得，有一部啤酒貨車停好久Corona！我最喜歡的牌子！還有家具行送貨，轉好久才轉進來。」

「謝謝你，你的記性真的不錯。」

助理檢察官轉提另一位工資較久的工人。

「請問，工地老闆當天是否已經發了薪水？」

「是的。」

「請問你是否聽到嫌犯抱怨沒發薪水的話？」

「是的。」

「謝謝你的回答。」

該我了。「請問通常多久發一次薪水？」

「這個……一般來說……一個星期發一次。」

「可以解釋一下什麼叫『一般來說』？你的意思是說，實際情況不是這樣嗎？」

「嗯……」這個工人看向助理檢察官，陪審團也看向助理檢察官，我當然也是。「老闆不是每個星期都發薪水。」

「那麼這次間隔多久了？」

「已經三個星期沒發了。」陪審團一陣騷動！

「三個星期沒發薪水！大家都沒抱怨嗎？」

「有啊，很多人抱怨，不只一次這樣了！」

「喔，真是謝謝你的資訊，看來你在工地的經歷長多了。那麼，順便問一下，當天有大貨車停下來辦事嗎？」

「Objection！」助理檢察官又抗議了，他顯然不是白痴，知道我別

有用心。

「Overruled！」法官大人明察！

「是有，每天都有很多貨車來來去去，因為是商業區嘛！餐飲業的冷凍鮮貨啦、快遞公司啦……很多的！」

「謝謝你的回答。」

案子比原先估計進展地慢，已經是下班時間，還沒提問到主要證人老太太，法官於是宣布明天繼續，可憐的陪審團們明天還得再坐一天，不過，我只有一位證人，不會花太多時間，明天應該可以結案吧！

一早，昨天沒來的老太太先上場，助理檢察官要老太太重述當天在窗口聽到的『有好戲看』的證詞，她和保羅都算是本案的直接證人。

「請問有沒有聽到其他人抱怨的話？」

「沒有，就他們兩個！真沒良心喔！晚上就失火了！」

「確定沒看到其他嫌疑分子出入？」

「沒有！我非常確定！我整天就坐在窗口，沒事做嘛！很無聊，只能看看街上人來人往。」

「有沒有可能一下子被貨車擋到？沒看到可疑人物進出工地？」

「沒有，沒有貨車！我說了嘛，什麼車都沒有，我看得很仔細。」老太太顯然不知道我昨天已經問過其他證人，有很多貨車停下辦事。

「沒有冷凍鮮貨來卸貨？快遞公司送件？或是啤酒車嗎？」

老太太被問地有點不安，開始改口：「好像有吧？喔，對了！我告訴過你的，有校車停下來，上下學的時候。」

　　「對不起，那天是馬丁路德日，不上學的。」

　　「喔，那就沒了嘛！一直問！我跟你說了，我看得很仔細，動都沒動！」

　　「不用去一下洗手間嗎？」

　　「只去了一下，很快又回來了！」陪審團發出笑聲！

　　「請問老太太，認識這位保羅先生嗎？」

　　「Objection！」助理檢察官想讓老太太住嘴。

　　「Overruled！」法官駁回。

　　「嗯，認識。」

　　「他跟您是什麼關係？」

　　「Objection！」

　　「Overruled！」

　　「他是我姪子。」

　　「請問您知道工地老闆為了這個案子懸賞一萬美金？只要提供有效證據，抓到犯人都有賞？」

　　「Objection！」又抗議了！殊不知抗議地越多，陪審團越會覺得檢察官想阻止我的問話，企圖隱瞞證據，下下策啊！

「Overruled！」

「這我怎麼會知道呢？我才不是為了賞金來的！我說了，我純粹是聽到嫌犯的話，哪知道什麼賞金？」

「謝謝。」

助理檢察官面色凝重，終於提問嫌犯。

「請問你是否抱怨過工地老闆？」

「是的。」

「抱怨什麼？」

「他常常遲發薪水。」

「可是當天才剛發薪水。」

「就是愛拖啊！誰不抱怨？」

「請回答問題！當天是否發了薪水？」真是的！一直提醒他長話短說，說的越多錯的越多！

「是的，可是……」

「你是否說了『今天晚上有好戲看了！』這句話？」

「我沒說！」

助理檢察官微笑：「可是你抱怨，謝謝你的回答。」

嫌犯愣住，一付「救我」的表情。

我上台：「請交代當天下班後的行蹤。」

「我三點下班，去朋友家吃飯喝酒，我們喝到很晚，在客廳睡著了。」

我接著提問嫌犯朋友，證實嫌犯當天確實在他家，但是入夜後大家都睡了，早上醒來嫌犯還爛醉在客廳。

案子到了尾聲，所有的證人都出過庭了。法官先讓助理檢察官做他的結語，和開場白類似，又提到他的上司。然後該我，我起身。

「各位陪審團的先生小姐們，我沒有像這位助理檢察官一樣，有剛當選的名上司幫忙，我只是個普普通通的小律師，就像我的客戶一樣，也只是一位普普通通、領不到薪水就抱怨的小工人。但是普通人會有橫禍，沒說過的話會有人硬說他講過。今天的案子，我一開始就說了，我會證明檢察官提出的證據很可疑：火災不一定是人為縱火、起火點不一定是四處、現場可能有易燃物、現場也有其他出入的地方、證人不可能每分每秒盯著現場……但是我們也可以有限度地懷疑：證人也許因高額賞金提供不確證詞！在這麼多的疑點下，我的客戶已經因為警方證據不足的懷疑，以及交不出一千五的保釋金而坐牢八個月！現在，各位陪審團的先生小姐們，只有你們才有能力，讓我的客戶重獲自由，讓一個沒有足夠證據、卻已經坐牢八個月，還可能繼續待在牢中的工人重獲自由，請三思！」我一一掃過每位陪審團員的臉，垂手，吐了一口氣！一不小心，卻打翻了桌上的水瓶！水濺上我的西裝，有點尷尬……不過，

案子要結束了，我拍拍弄濕的袖子，讓別人清理善後吧！

陪審團員們出去討論了二十多分鐘回來，英籍老太太拿著投票結果代表陪審團發言，書記長問：「對第一項縱火罪名，陪審團的決議是……」

「無罪！」英籍老太太答。

「對第二項破壞公物的罪名，陪審團的決議是……」

「無罪！」

「So sayeth you all？」大家都這麼認為嗎？書記長問每位陪審團員。

「Yes！」

「Not guilty verdict is entered。」法官終於宣布嫌犯無罪獲釋。

我再吐一口氣，起身跟客戶握手，恭喜他終於可以不用再穿那刺眼的大橘獄衣了！警衛也過來道賀：「真精采！我在法庭站這麼多年，還沒聽過這麼精采的結語！白坐了這麼久的牢，真可憐哪！那老太太根本在說謊嘛！她還舉手宣誓不會說謊！」我笑笑，陪審團員也過來跟我招呼：「終於不必刻意避開你了！」我還是只能回笑，太累了！打贏官司很高興，可是，這五百塊也太難賺了吧？

回頭看一下我的嫌犯客戶，平白坐了八個月的牢，可以申請國家賠償嗎？

國家賠償的要件是：拘提的警方程序有問題，比方證據不足。但是通常這點不會發生，有人證、物證、拘提令了，就是嫌犯。

　　那被拘提的人，就白坐牢嗎？沒有啊，只要交出一萬五美金的押金，出庭當天到法院報到時，一萬五全額奉還；湊不到一萬五的，只要湊到一千五的交保金，也不用坐牢，但是交保金就不還了；一毛錢都沒的，才需要坐牢。

　　這樣對沒錢老百姓很不公平啊！沒辦法，目前的法律就是這樣。

　　那公設律師呢？可以告他們辦案不力嗎？

　　他們就像領薪水的公務員，或是一般公司的職員，只要當天有在法庭出現，沒當場睡著打瞌睡，就算來上班了啊，告他什麼？他可以說盡力了啊，而且他還是你們老百姓自己選的耶！

　　那？那個說謊的證人呢？證人不是都得當庭宣誓誠實嗎？

　　可以啊，這叫 Perjury，偽證罪，可以告證人提供不實證詞，可是也拿不到金錢賠償，頂多是讓證人坐牢……

第二章、進入甬道之後

"Was there rubber on every point of every wire that you ······"

"No, because there's no rubber on the – on the interior wire, there is no rubber, as I've said for the third time now, so you're not going to find any rubber, as I've said for the third time now."

"Well, I'm just trying to find out ······"

"No, you aren't. You've found out already."

"What's that?"

"Let's go on with it."

"Well, is it your testimony that there should not be any substances or materials on the bead wires?"

"It's coated with zinc. The bead wire is coated with zinc."

"And did you find zinc on the wire?"

"I didn't look for zinc."

"But you're saying that the – and correct me if I'm wrong – but when the wire is made, it's coated with zinc?"

"Without question."

"But you didn't make any tests to determine whether that zinc coating was still on these wires?"

"It's not necessary."

"Well, the question is did you?"

"No, I did not."

……．

"Nothing further."

6、事務所的暗黑面

人生會遇到的抉擇無數，抓錯了就不算是「機會」。擺在你面前的未知抉擇，其實只是讓你可以下注，對你的人生下賭注。

機會不會等人，有一次在專賣亞洲藝品的小店裡，看到一幅寫著「機會」兩字的中文掛飾，我馬上買下。複雜的線條裡，自有平衡韻律，看久了，像是會被懾魂，我喜歡這種感覺，複雜的神往。「He who hesitates is lost.」一直是我的座右銘。

　　抓住機會是我的處世原則，後來我把「機會」掛在客廳的右牆。

　　沒多久，老律師就退休了。但是事務所的名字因為他的名氣，還留著他的姓。我呢？終於擠進合夥人的名列，可以掛個小姓在事務所名字的最後面；街口轉角的牆上，畫了個指向我們事務所的手指廣告，嗯，不好意思，上面就有我的姓；當然，所裡拿來送客戶的筆啦、便條紙、馬克杯……都加上敝人的姓，世界變得非常美好！

　　最高興的當然是底薪高了四倍，還有公司股票！和三線律師同級。雖然從此不得在案子裡抽成，但是相對的，壓力就小多了。前面不是說了嗎？其他律師每天都是晚晚到，中午去喝酒，下午老早下班打高爾夫，反正是領固定薪水嘛！

　　我把以前當奴隸沒休的假算了一下，去蘇聯和歐洲大玩一趟，回頭拒絕了司法部和隔壁大城大律師事務所的聘約，心裡盤算的是：小城領大薪，比較好花吧？況且當雞首比較有爬上去的「機會」！

　　收假回來以後，我被派了一項新任務：人事總務總管。案子還是得接，加薪嗎？當然沒有。合夥人的意思就是所裡賺得多，股票分得也

多，責任範圍從自己的案子擴大到支援其他律師，與所裡共榮，不分彼此。

那為什麼加責任到我身上呢？因為我資歷最淺，需要磨練。二線律師正在申請法官職位，待不久了；兩個三線律師注重家庭和生活品質，每天準時下班，決不超時工作。我呢？還沒小孩，找不到理由拒絕。反正磨練也是挑戰能力極限的機會，況且所裡不太有紀律的情況，我早就看不下去了！

怎麼說呢？祕書分屬不同律師，經常以大欺小。我支援其他律師，他們的祕書可不願支援我！沒當總管以前，只能跟其他律師反應，他們呢？總想當老好人，兩邊搓湯圓，反正最後工作還是落到我這邊，整個事務所到了下午，只剩我和我的祕書兩個傻瓜，其他人都在酒館和mall（百貨公司），領的薪水比我們高，這是什麼世界？

有一回，二線律師的客戶到了，律師和祕書當然不在，我照例支援。不過，找不到卷宗，了解案情得重頭開始，搞得客戶很吃驚，藉口有事先走。那個祕書一回來，我拉下臉：

「去哪裡了？午休時間已經過了一小時，跟客戶約了都忘了嗎？」

「喔，老闆改時間了！我忘了請你跟客戶交代一聲。」

「抱歉喔，我是妳祕書嗎？」

「說錯了啦，我是說請你祕書轉告客戶。」

「我的祕書不必聽妳的指示！從今以後，上班時間人就要在公司裡，誰不在誰就不用來了，聽清楚了沒有？」

「喔。」她悻悻然回座。我可以看到她臉上的線條緊繃，雙肩微顫。當然囉，她比我大了至少三十歲，年資多我至少四十年，和老律師同是打天下的元老，沒人對她說過重話！

二線律師回來以後，我據實以報，他沒做一點維護，讓我全權處理。

過沒幾天，老祕書又出狀況，我給她面子，要她自己提早退休，她不太情願地走了。

再來是有人偷錢。

小餐廳永遠供應咖啡，喝的人自己在旁邊的小桶子裡放一個銅板，作為下次買咖啡的費用。可是有祕書看到某祕書偷銅板，喝的時候再丟回去。好巧不巧，所裡其中一位三線律師被告受賄，律師公會攀察以後，吊銷他的執照。

整個事務所變得頗為難堪，偷錢的事更為盛傳。某個祕書提議在現有的銅板上塗個綠點，等那名竊賊來拿，然後假裝結算，取出桶裡所有的錢，等嫌疑祕書來取咖啡時，當場用她投進的銅板抓人。

人贓俱獲，又走了一名祕書。

本來以為到此，人事費用少了三分之一，所裡的獲利應該增加，可是等我看到帳目時，差點沒昏倒！事務所已經虧損多年，赤字總額高達

一百二十萬美金！二線和三線律師已經沒進帳很久了，換句話說，整個律師事務所目前根本就是靠我一個人在養！我該怎麼辦？

外面景氣不是很好，我是可以斷然辭職，讓其他律師去自食其果。但是我的名氣是靠老律師拉拔的，一走了之的風聲在小鎮傳開以後，大概也不用在這裡混下去了！**臨陣脫逃不是我的原則，危機裡找轉機才是。**

我決定面對問題。問題其實是在二三線律師身上，他們不可能從不知情，不可能沒看過帳目，現在送我當合夥，又要我管帳，只是想找個笨蛋墊底。反正二線律師要升天當法官了，三線律師又沒客戶，可以大方走人，所裡的貸款負債全都會落在我身上。

我找出這兩人在所裡赤字時領薪的總額和進帳的數字，直接和他們攤牌。

「每人減薪三分之一，包括我，但是個人辦的案子改為可以抽成。」減少支出，鼓勵效率，他們無話可說，事務所的虧損暫時減緩。

人生會遇到的抉擇無數，抓錯了就不算是「機會」。擺在你面前的未知抉擇，其實只是讓你可以下注，對你的人生下賭注。

當上法官，一直是我的人生目標。

美國各州的法官都是靠申請的，在我這個州得先通過所謂「審查委員會」的面試，審查你的資歷是否符合當法官的最低標準。委員會有

十二名成員，屬於自願性質，也就是說，只要遞交申請表，通過州長認可，就可以當審查委員。通常，委員裡多數是律師，少數是各行各業的平民百姓，不支薪，表示具有不受政治黨派左右的超然地位。委員的任期是四年，跟州長同進退，當了委員以後，五年內不得申請法官職位，以免大家把委員會當作是當法官的跳板。

除了委員會的面試之外，法官候選人還可以接受許多私人律師協會的面試。比方州律師協會、西語系律師協會、黑裔律師協會、亞裔律師協會、女律師協會。協會對你的資格打分數以後，送交委員會參考。當然啦，還有律師公會的投票。所有鎮上律師都可以對申請人勾選超過標準、不到標準、不認識、沒意見……同樣送委員會參考。

上屆法官徵選的時候，另一個事務所的助理老律師被選上了，正律師比較年輕沒上。聽說那位正律師氣得摔椅子，政治涉入的風聲傳得沸沸湯湯，我家的二線律師因此十分緊張。

結果，二線律師申請法官的委員會審核沒通過。

十個申請人中，只有一人通過。那人既年輕、和我過招又從來沒贏過，可是他通過資格審查！我上網查了他的資料，他的黨派正確，政治獻金達到上限，嗯，所以他夠資格！

我家的二線律師出身律師世家，身材高大，一出庭就先有氣勢；加上舌粲蓮花，出庭前十分鐘看一下我幫他準備的資料，就能輕鬆打贏官

司。雖說我花苦工讓他出頭很不爽，但是那種與生俱來的架勢，不是人人能有，也是讓我佩服的地方。這次大概是他人生的第一個挫折吧？

對審查結果有異議者，可以請求再審。我思前顧後，寫了一封陳情信，內述落選人中，有兩人的資格比上榜者高很多，希望州長退回審查結果重審。

也許是上屆曾有輿情壓力，加上這次，我寫的重審信居然獲准！二線律師獲得跟州長面試的機會，當上法官。從落選到當選只在一瞬間，我以為，整件事，他應該會感恩我一輩子；我以為，自己已經在事業生涯上添了一顆棋子！哪知官場上，獲利成功者總會刻意避開當初幫忙打天下的儸儸，過河拆橋嘛！免得永遠惹人聯想起舊時的出身。

二線律師要走，照理，事務所要出價買他手下的客戶，比如遇到車禍傷害、勞工傷殘或是未成年撫育金的案件，這種客戶可以領賠一輩子的案件，每次領賠，辦案的律師當然也能收取長年的手續費。律師走了，這些兒孫案的進帳，一般來說，事務所會和律師商量，一次談妥付清。

事務所現在沒錢，我軟硬兼施、稍加壓力後，讓新任法官放棄小額佣金，但是當然也簽了事務所的負債跟他無關的協議，誰佔便宜誰吃虧？在我來說，既然簽了約，就無需再議；可是對剛當上法官的二線律師來說，也許心裡很×，完全不這麼想。

7、輪胎與「鋅理論」

所有人除了我以外，都興致高揚等著看這場「Big Dog and Pony Show」！等著看我被宰。嘿，怎麼說大家像來看「馬戲團表演」的呢？因為法院外一大早就停了一輛大得像是可以搬三房的拖車，現在裡面的東西全都被拖出來在法庭上展示，陣仗可觀到很難在中間轉身。

公司這麼破敗，我可不能讓外人看出，否則沒人敢送案子來，以為這事務所快倒了！我和僅剩的三線律師討論了一下，其實他很悠哉，好像事不關己，怎樣都好，大概也是靠山雄厚，不需為金錢憂心吧！我的建議是，另招兩名律師，剛從學校畢業的，薪水不用給太多；再來呢？跟隔壁棟，也剛有律師退休的事務所合併，名義上像是壯大聲勢，變成擁有七人律師的大型事務所，實際上業績完全分開，只是把來往文件的抬頭換掉，而且共同分擔房租水電等必要開銷，兩個事務所都分到好處。

這個動作終於讓負債不再增加，並且在幾乎固定的支出下，赤字穩定減少，讓我可以再專心辦案。

新法官在上任前，把一個大案交給我，是一個車禍理賠案。卡車司機在高速公路上靠邊，因為覺得輪胎有點怪異，手機通知當時在後面跟車的同公司卡車司機之後，鑽進車底，打算自行修理。不料，整個輪胎突然爆裂！司機的左半身全受波及，血肉模糊。同公司的卡車停下後，只看到爆裂場面，傷者已經失去意識。

好，司機老闆的保險公司絕對理賠，因為是因公受傷。但是保險公司懷疑卡車的輪胎品質有問題，導致爆胎，所以要告×其林輪胎公司，希望至少要到一些補償，減輕負擔。

我的客戶呢？是保險公司，被告是大輪胎公司，這公司之大，就

不用我說了吧？我的空殼事務所裡，就我一個剛滿三十二歲，只有七年經驗的超小律師，客戶怎麼會放心呢？可是案發在我們這個不起眼的小鎮，開庭也在這，地緣關係重要，客戶無從選擇。聰明的客戶就幫我找了隔壁大城大事務所的知名律師幫忙，變成兩個事務所合告輪胎公司，穩當一點。

知名事務所官僚氣頗大，層層關卡，講到話以後還得花半小時解釋案情，我個性急，聯絡幾次後，乾脆凡事自己來，做了決定再知會他。

通常，雙方律師在開庭前，會提出幾個案情疑點，要對方回答。以求知己知彼，也有讓對方自知理虧，考慮事先和解之意願。

我早早就擬好問題送出，對方卻等到開庭前三天才回答，並提出他們長長四大頁的問題。問題多又故意很晚才給我沒關係，重點是：將有九位輪胎專家出庭！只要是會出庭，我都可以對他們提問，但是距離開庭只有三天，這九位專家散居美國各州，叫我怎麼飛也無法在三天內飛完！況且還要對所提見解拆招，簡直刁難得離譜！

總算和大律師聯絡上後，我把情況告訴他，建議跟法官提出延期開庭申請。他一口答應，並且願意出面，我當然就樂得陪去看他表演。

當場卻讓我大開眼界！這大律師事先沒準備不說，講得不清不楚，連我都聽不懂，法官也一頭霧水，怎麼會被說服？我萬分後悔地跟出來，只有一個結論：此人不宜共事！

當然囉，他也不是傻瓜。告訴我，此案勝算無望，他想退出。問我還想繼續嗎？

　　「你自己請辭，我自會跟客戶商量。」

　　我就這樣退出嗎？當然不會。要不要和解在客戶，不在我。再怎麼無望的案子，如果客戶硬要告，我接了案，就得奉陪到底。否則簡直是棄客戶於不顧，誰還要再來找你？即使擁有高勝案紀錄，也是臨陣脫逃來的。

　　我跟客戶解釋了狀況，告訴他，無勝算把握。但是，所有陪審團員都會看到一個年輕小律師，對抗一個請了九人專家的大公司！也許會給一絲同情，覺得他們以大欺小，贏的人沒面子，輸的雖敗猶榮，值得一試。

　　此案經雙方律師估計，大概要花兩個星期，所以開庭地點改在可以容納大案的附近大城，剛好是對手事務所的城市。他們派了兩名律師，一位看起來四五十歲，另一位頭髮花白，大概七十歲了吧？加起來將近我的四倍歲數！敵我懸殊之大，我能擋得了一天就不錯了！

　　那位老律師聽起來有紐約口音，紐約律師出名地精明，一開始選陪審團就和我僵持不下。有個人選是所謂「商品責任改革會」的成員，這個聽起來很莫名其妙的改革會，是老布希總統特別為了便利大財團設立的。怎麼說呢？大家應該都清楚共和黨的主要支持者是大財團，大

財團最討厭被小工人小消費者告，所以老布希設了這個改革會，美其名是讓大眾對各類商品造成的傷害有管道投訴，但由於委員由總統親自指派，所以做的決定，當然是請示過的，老百姓簡直平白多了一道關卡被刁難！我一看到這名大爺在陪審團的名單上，馬上請出來，問他會不會公平判斷此案？因為被告的是大輪胎公司？他當然回答絕不會有偏見。沒辦法，不要嫌我問聽起來很笨蛋的問題，因為能問陪審團的問題有規定，其實只是個形式。

那怎麼不直接踢除就好呢？因為此案棘手，能多踢除一個眼中釘是一個，我不想平白浪費我的額度。怎麼說呢？通常律師對陪審團員的中立性質疑時，可以提問「公定問題」，然後「有條件踢除」，另外還可以「無條件」再踢除五到十名，人數視當天陪審團報到的總數而定。但其實被質疑的人選都會回答絕不會有偏見。

問題就在這，被我質疑的那人不想退出，對手律師又很慶幸得到一名助力，我呢？也很固執不願放棄，只好請示法官。

「拜託！怎麼可能沒偏見呢？Come on！」我很喪氣地在法官面前攤手。

這時候，那位本來和我辦案的大律師突然進來，所有人都覺得莫名其妙，他不是退出了嗎？他和大家打了招呼，然後遞給我一張可以問陪審團員的問題列表後離去。我知道他在打什麼主意，他在替自己宣告打

贏官司以後分一杯羹的權益，真是可恥！不過，哈！居然有人覺得我可能會贏！

法官總算同意踢除，光這樣決定陪審團名單，就耗掉一個早上。不過看得出所有人除了我以外，都興致高揚等著看這場「Big Dog and Pony Show」！等著看我被宰！

嘿，怎麼說大家像來看「馬戲團表演」的呢？因為法院外一大早就停了一輛大得像是可以搬三房的拖車，現在裡面的東西全都被拖出來在法庭上展示，陣仗可觀到很難在中間轉身。

被告律師首先介紹他們公司的產品多優良，專家遍及各地，不只是地方人士，有一位居然曾經參與設計太空梭！法院上有各式各樣的大型機器，等一下會有專家說明輪胎製造以及測試過程，桌上一大疊的放大照片就花了十萬美金……

接著，頭髮花白的紐約律師開始盤問我的受傷客戶，客戶經過三年治療，外傷大致痊癒，只剩下頭痛和背痛的後遺症。

「請描述一下當天狀況。」

「我覺得輪胎有點問題，依判斷，可能是煞車鬆了，所以就和跟車的另一部卡車同事聯絡，準備靠邊。」

「是煞車鬆了嗎？同事說，你當時講的是煞車不順，有拖滯的現象，警察當時的筆錄第一段是這麼寫的。」

「我想他聽錯了。」

「是嗎？誰聽錯了？同事嗎？還是警察先生？如果是煞車鬆了，不會有過熱現象。我跟卡車司機談過，最常見的問題是煞車有拖滯現象，一般司機會跟你一樣下車修理。」

「我也不確定，所以下車看看。」

「幾乎所有開卡車的司機都知道，如果煞車拖滯，輪胎會過熱爆炸，你不知道嗎？」

「我沒想這麼多。」

「所以你是知道的。」

情況危急，我於是提問卡車同事。卡車同事年紀較大，大約六十了吧！老先生被叫上台非常緊張。

「我不記得了，三年前的事了，我的聽力不好，可能是聽錯了吧！」

「即使知道煞車拖滯，輪胎會過熱引爆，司機一般還是會下車修理，對嗎？」

「是啊，不然就不用賺錢了！」

「所以你的同事要自行修理，你也沒阻止，是嗎？」

「是的。」

雖然看起來，我也懷疑客戶當初講的是煞車拖滯，但是我還是企圖

硬坳，扳回了一點局勢。其實客戶的說辭有點鬆動，搞不好已經給陪審團說謊的印象了，第一天的仗打得並不樂觀。

陪審團散會，我也趕快收拾東西衝去醫院，老婆剛生了第二胎，嗯，又是個吵死人的兒子！

第二天先上場的是輪胎專家，紐約律師很賊地先傳我請的專家。我的專家像個慈祥的老爺爺一樣，拿出輪胎剖面圖，詳細介紹輪胎構造。只有高中畢業的他，全憑經驗，所以解說得淺顯易懂。然後，由紐約律師問話。

「請問你通常如何檢驗輪胎？」

「我會把輪胎搬到外面，光線良好的地方檢查。」

「在太陽底下，用肉眼檢查嗎？」

「是的。」

「謝謝我們的『太陽專家』，各位陪審團先生女士們，這是我們的檢查儀器。輪胎先被吊上平台，再由電子儀器和可以變換各種角度的探照燈仔細檢查每個細部，各位可以看到，這些局部照片都是由儀器檢查後照相存檔的。請問這位『太陽專家』，剛剛你提到輪胎裡面的每條鋼絲，外面都會包一層橡膠，也提到輪胎可能由於橡膠摩擦生熱而爆炸，現在請你看一下這面展示版，上面有二十四種輪胎的切面，這個切面的鋼絲，你看每一條都有橡膠包著嗎？」

「嗯？有。」天啊！我請的專家有老花眼嗎？那是很多鋼絲纏成一束，每束各自包著橡膠，並不是每一條鋼絲都有橡膠！

「是嗎？也許太遠了看不清楚，那這個呢？」

「也有吧？」喔，這更離譜了！那個切面上的鋼絲，緊密相連，雖然沒有纏著，但是只有每一大把間有橡膠！

「啊？那這個？和這個？和這個？這個呢？」

「嗯？可能有……」觀眾席上有人笑出聲，我真想找個地洞鑽進去！

「好像沒有吧！我年紀比你大一些吧？可是我好像看得比你清楚喔，每種不一樣的輪胎裡面構造都不同，有的鋼絲成束，有的沒有；有的有橡膠成束包裹，有的成把包裹，和你講的每一根鋼絲都有橡膠包著不一樣。各位陪審團的先生小姐們，我們這位崇尚太陽的專家，他的理論認知恐怕不怎麼專業！畢竟用肉眼看的不會比儀器清楚。再者，橡膠摩擦生熱的理論也不太正確，否則也不會有完全沒橡膠的部分。所以，這次的引爆，應該是外來的，跟輪胎本身無關！」

喔，我的天啊！這位保險公司請的專家，當初跟我談的時候講得頭頭是道，很懂的樣子，怎麼回事啊？我放棄提問權，讓紐約律師繼續提他的專家。

我事前沒時間跟所有的對手專家盤問證詞，自然就不知道對手專家到了庭上會說什麼？只能隨機應變。

一號專家先解釋鋼絲不需要沾黏著橡膠，鋼絲只是利用橡膠產生的區隔空間滑動，基本上，所有的鋼絲可以很容易地從橡膠中抽離出來。

這是個很有趣的解說，好像和另一位我唯一事先盤問過的對手專家說法不同，我知道現在我得趕快忘掉我的專家和其他專家，或是我看過的資料理論，重新吸收新知識，才能跟得上對方的論點，所以我一邊努力做筆記，一邊問：

「請問，如果鋼絲和橡膠不需沾黏，那麼為什麼本案中完好的橡膠切面看起來和鋼絲完全沾黏呢？這是次級品嗎？」

「我想你聽不懂我的解釋，我的意思是說，沾不沾黏不是重點，跟過熱引爆輪胎沒有關係。」

「我的疑問是：發生事故的輪胎殘骸，有的鋼絲和橡膠還沾黏著，但是有的完全沒有橡膠；相反地，完好輪胎那部分的鋼絲，每一條都和橡膠沾黏，為什麼有這樣的差別？請解釋。」

「我說過，這不是重點，顯然你完全跟不上我的說明。重點是：沾不沾黏，跟引爆輪胎沒有關係。」

好，很聰明的迴避法！這個專家顯然受過專業答辯的訓練，很會規避問題而且讓對手看起來完全沒進入狀況，讓我看起來像白痴一樣！沒關係，慢慢來，我倒覺得這是個很有趣的問題，今天回家我會好好研究一下，事情沒這麼簡單。

第二天進行到此，我還是灰頭土臉，甚至還被多揍了幾拳，黑星在頭頂轉了好幾圈，幸好還沒倒下去。

　　橡膠有沒有沾黏很重要嗎？我不知道。但是對手專家一直想撇清，就讓我生疑。我拿出照片，照片上有些鋼絲有褐色斑點，那是什麼東西啊？啊！我想起來了！出事輪胎暴露出來的鋼絲上有銹斑，鋼絲會生銹應該不是好現象，那麼，輪胎製作上就會有預防生銹的處理，什麼東西會讓鋼絲不生銹呢？我好像記得高中學過的化學，講過鋅，對！應該是鋅沒錯！鋼絲做過鋅處理就不會生銹，那些餵馬、餵牛、澆花、種菜用的鐵桶，不是都要做鋅處理嗎？對了！姑丈就在輪胎公司工作，他也算是輪胎專家吧？還是免費的！怎麼沒想到去問他呢？真是忙昏頭了！

　　「沒錯，鋼絲一定要做鋅處理才不會生銹。」

　　「那，橡膠的作用是什麼？」我在電話裡問。

　　「避免鋼絲間互相摩擦過熱。」

　　「可是有的鋼絲成束，不怕互相摩擦嗎？」

　　「不會，成束的鋼絲就像粗一點的鋼絲一樣，只要每束間有橡膠就沒問題。」

　　「那麼，輪胎內的鋼絲需要跟橡膠沾黏嗎？」

　　「當然囉，沒沾黏的橡膠和鋼絲也會產生摩擦力，過熱對輪胎本身是很危險的，這也是為什麼要用鋅的原因。」

「慢點！鋅？所以鋅可以讓橡膠跟鋼絲緊密相黏？這麼說，如果鋅放得不夠，或是沒有鋅，橡膠就會和鋼絲脫離？」

「對啊，你很聰明！」

喔！我突然想起來了！和對手專家作案前筆錄那天，他突然很生氣地說：「You've found out already. Let's go on with it.」當時我只覺得莫名其妙，我發現什麼了？偏偏又不能直接問他，而且他也馬上岔開話題。嗯，我找出法院書記在盤問時做的筆錄，哈！沒錯，就是在問到輪胎裡的金屬絲是什麼做的？外面裹了什麼材質？結果他回答完，就很不耐煩想結束話題。哈哈哈！我只是超級好學，不恥下問，沒想到歪打正著，居然被我問到重點，我真的不是普通聰明啊！

第三天，我信心滿滿地走進法庭。這次，對方的專家只來了兩位，顯然專家要價太高了，在法院坐一天不少錢哪！最少五百美金！前兩天的進度這麼慢，花了大輪胎公司不少錢，即使是財團也要省一下。不過，也許是我想太多了，其實是我這小兵不值得花這麼多錢對抗，才是真的原因吧！

好啦，廢話少說。今天的專家是儀器測試方面的，這位專家第一天沒來，所以沒聽到我的專家被砍的愚蠢測試法，居然介紹完光鮮儀器，開始談起自身經驗。

「所以說，儀器再精密，其實還是沒有自然光線清楚？」我打鐵趁

熱地問。

「聽起來不可思議，不過，事實真是如此。人類要勝過大自然，好像還得更努力一些。」

「謝謝這位專家，這麼說，大家之前實在錯怪我的『太陽專家』了！」陪審團員們面面相覷，是的，的確不可思議！這被告請太多專家了，居然搬到一塊大石頭砸了自己的腳！

下午的專家開始講解鋼絲和橡膠的關係。

「鋼絲和橡膠需要緊密相黏才不會產生摩擦，讓輪胎過熱。」

「那麼需要什麼處理才能讓兩者緊密相黏呢？」

「用化學方法讓鋅和鋼絲結合，鋅還可以讓橡膠和鋼絲做很好的沾黏。」

「所以說，好的沾黏很重要？」

「沒錯，可以避免摩擦力的產生。我們輪胎公司做過實驗，想把鋼絲從橡膠中抽離需要七千八百磅的力道！」

啊?!聽眾和陪審團發出大聲驚呼！這名闖禍的專家還頻頻點頭，以為大家驚訝於他說出的數據！其實大家驚訝的是，昨天的專家居然說鋼絲和橡膠根本不用相黏！哈，這實在是場好戲！我一直跟我的客戶說，話越少越好，說得越多錯得越多。這輪胎公司請了這麼多專家，說了一堆理論，結果互打嘴巴，剛好讓大家看笑話！

這個案子因為老早就預計會進行很多天，所以特別請了已退休的知名法官來坐鎮。退休法官在附近法學院兼課，今天把學生叫來觀摩，本人倍感榮幸，因為我的案子顯然看來很值得學習！

　　「謝謝這位專家。這麼說，鋼絲需要和橡膠緊密相黏才不會產生過大的摩擦，以致於讓輪胎因為過熱而爆炸。請問，鋅在這裡還有什麼作用呢？」

　　「Objection！」對手律師開始緊張了。

　　「Overruled。」

　　「請回答。」

　　「讓鋼絲不生銹吧？」

　　「謝謝，那麼，這輪胎暴露出的鋼絲有銹斑，怎麼說呢？」

　　「Objection！」

　　「Overruled。」

　　「對不起，我不是生銹專家，我不清楚。」

　　專家顯然終於聽懂律師的暗示，不敢再說下去，不過，陪審團應該都聽懂了吧？

　　到今天為止，對方的九位專家只上了三位，連一半都不到，我雖然撈到一點喘息的機會，可是路還有很長一段在面前等著我，還不到坐下來的時候。

第四天的專家果然不出我所料，想要避開跟鋅有關的問話，我既然逮到重點，當然不會輕易放棄。

　　「因為鋅和鋼絲還有橡膠間緊密相黏，所以爆炸力將輪胎炸開以後，有些鋼絲上的鋅脫落而生鏽是很正常的現象。」專家四說。

　　「所以鋅會脫落。」

　　「是的。」

　　案子到此又陷入僵局，我半信半疑，書上和姑丈說的都不是這樣，姑丈說鋼絲和鋅是用化學方法完全互鎔。我要怎樣讓對手專家告訴我這樣的論點呢？反正專家還很多，而且看來輪胎公司總是讓他們單獨上陣，彼此聽不到對方的解說，我想要以子之矛攻子之盾應該不難。

　　就這樣，案子又繼續審了兩天，專家五六七八極力強調生鏽是在爆炸後暴露無鋅的鋼絲所引起的，因為爆炸的力道很強，改變鋼絲結構，或是讓鋅脫落，甚至熔解，是很正常的現象，現在的重點是在外力引爆，不在輪胎本身。

　　我很耐心地等到第七天，我最後的希望，專家九，就是我唯一事先盤問過的專家。

　　這位專家前面說過，曾經參與過太空梭製作，著名×省理工化學系畢業，我先開了一個玩笑：

　　「還好今天的案子不是太空梭，否則我們法院哪裝的下檢驗太空梭

的儀器呢！但是現在許多和金屬有關的機械，多少都運用到太空梭的材料，能請問這次輪胎內的金屬材質嗎？」

「鋅鋼合金。」

「如何製作呢？」

「鋼先經韌化、酸洗、再和鋅做電鍍electoral plating。」

「貴公司進行這樣高科技處理的作用是什麼？」

「防銹防蝕。」

「那麼，鋅可能脫落嗎？」

「開玩笑！合金以後，鋅不只是表面上一層，而是完全和鋼結合，所以才叫合金！」陪審團員個個抬起來，看得出像是大夢初醒！

「有可能除掉鋼裡面的鋅嗎？」學究派的理論專家有時候很好騙，只要虛心求教一點，他們就會毫不設防地全盤托出實話。

「這很難吧？鋅的熔點大約攝氏四百二十度，也就是華氏七百八十八度！」陪審團又是一陣驚呼！

「謝謝您的解釋。各位陪審團的先生女士們，這是爆炸輪胎的鋼絲，鋼絲上的銹斑點點，請問這位專家，盤問筆錄第十頁，您說：『You've found out already. Let's go on with it.』到此為止，我到底發現了什麼？」

「嗯……爆炸的溫度很高……」

「是的，爆炸的溫度再高，也沒有熔掉鋅！鋼絲並沒有完全生鏽，也不可能在爆炸瞬間馬上生鏽！」我把鋼絲往桌上一甩！音量突然升高：「我到底發現了什麼？我發現輪胎鋼絲的鋅合金根本做得不夠！讓鋼絲早已生鏽！造成輪胎內溫度過高，產生摩擦力而爆炸！謝謝您的回答！」

法庭上一片肅靜，靜得聽得到專家的喘息聲，第七天的開庭結束。

我頭痛欲裂，幾乎是半睡半醒地開車到家，各位曾在很累的時候開車嗎？當時寂靜的高速公路上，我居然看見兩旁有一大群黑貓跟著我的車跑，嚇出我一陣冷汗！稍微清醒後，突然覺得灰心起來，忙了快兩星期，好像初見曙光，可是怎麼一點也沒興奮的情緒呢？

老婆開門，臭著臉把小兒子丟過來。我接過兒子，在嬰兒房踱步哄睡。這小子！每晚總要我抱著才能睡著，有時怎麼哄都沒用，就得開車去外面兜一圈讓引擎聲催眠，而且才一個星期就長好大了，抱久了居然會讓我的手臂生疼！時間在孩子身上，真是明顯啊！

第八天，對手律師再次提問我的受傷客戶。客戶之前表現不佳，很容易緊張，因此供詞顯得閃爍，對方想是要利用這點，讓陪審團覺得客戶會說謊。

「您之前就跟同事埋怨過頭痛問題是嗎？」

「是的。」

「所以頭痛是沒出事前就存在的現象？」

「可是出事後痛得更厲害！」

「喔，是嗎？很多人發生事故後，身體所有從前的病痛就突然變得更嚴重！企圖得到免費醫療！我們來聽聽你的主治醫師怎麼說吧！」

主治醫師非常有名，是腦神經權威。我其實對醫師很感冒，所有律師大概都這樣吧？因為律師想約談任何人，即使是州長，也得親自來到我的小事務所。可是就只有醫師，總得透過祕書約時間，而且地點得在他們的診所或醫院，因為救人第一！他們呢？還可以在自己名字前加上Dr.！平平都是專業人士，怎麼我就是尋常百姓，只配稱Mr.呢？

嗯，今天火氣有點大！因為讓我想到當時這名權威醫師太忙，排不上和我約談的時間，害我得等醫院的書面醫療報告，偏偏報告到現在還沒給我，顯然是對手律師忘了，我口氣不甚佳地說，我沒收到任何該給的醫療報告，所以得提臨時動議延遲問話。

動議成立，法官宣布休息四十五分鐘，讓我看五十八頁的醫療報告。四十五分鐘？我沒體力再和法官多要，趕快拿出事先準備好的《醫療專業用語大辭典》（Physician's Desk Reference），開始做筆記。再次開庭後，醫師終於珊珊來遲。他的病人大概病得不輕吧？佔去了他不少出庭時間！

「請問當時病人找您看什麼病徵？」

「喔，這位病人啊？我看看……當初呢……」醫師一邊翻病例一邊找答案，就像我們每次去看病，醫生總是像第一次見到你一樣，才開始溫習病人的祖宗八代！不巧，這次我比醫師早看了病例。

「喔，我幫他做例行檢查，問了一些問題，他的血壓正常，反射機制正常，沒有早起無法勃起的問題……」什麼?!陪審團哄堂大笑！「我是說，例行檢查沒有問題……他有的是頭痛困擾，加上手術後身上的病痛，所以我開了不會產生頭痛的止痛劑，讓他去診所打針。」

「可是報告第二十七頁，病人打完止痛針後，血壓降到65/43！」

「喔，對不起，我沒看過診所的事後報告。」

「請您現在過目一下。」我遞過診所部分的資料。「第一頁，打了止痛劑以後，病人的血壓在下午兩點突然降到65/43，所以醫護人員趕快打了一針血管收縮劑；兩點半時，血壓竄升到172/100，醫護人員再加一劑血管舒張劑。請問，在這半小時中。病人會有什麼感覺？」

「喔！喔！My God！」醫師突然低頭，兩手插入髮中。「天啊！病人會痛得無法承受，無法忍受！抱歉，我不知道，診所沒有給我報告，對不起……」

「那麼，再請問：如果您沒看過診所報告，在這整份醫療報告裡第五十頁，請問這是您的筆跡嗎？」

「是的，是我個人的醫療記錄。」

「請問，HA是什麼意思。」

「嗯，是頭痛的縮寫……但是，頭痛應該只是暫時的……」

「最後一頁，病人在你的記錄裡，還在治療HA的問題？」

「是的。」

「謝謝您的說明！」我蹣跚下台，也是頭痛欲裂好幾天了！

第九天，我已經兩眼通紅，案子拖到讓我失去意識，像是等很久的開獎，接近尾聲時已經不希罕了！要殺要剮都行，趕快讓我躺下就是！可恨的是，痛苦的好像只有我一個！一群人輪番上陣來整我！

明天就要結案了，我剩下最後一名證人：當時事發現場停下車來的路人，和他做筆錄時，他確實記得看到鋼絲的銹斑，所以銹斑不是爆炸輪胎荒置三年後生成的，我在腦裡複習一遍苦讀來的鋅理論，但願明天一切順利。

第十天，證人上台，我請他描述當場看到被炸出來的鋼絲。

「喔，所有的鋼絲都生銹了！」我當場傻眼！被告律師微笑地拿出放大照片問：

「這是當時的照片，嗯，雖然看不太清楚，可是好像銹斑不多。我們再來看看實際的鋼絲好了，經過三年，嗯，好像也沒全部生銹嘛！」我的證人以為說全部生銹比較有利，結果卻弄巧成拙！

「威廉斯, you may go to your jury.」法官要我總結。

我的心情跌到谷底：「各位陪審團的先生女士們，你們都知道，我不是化學家、不是爆破專家、不是輪胎專家，更不會做太空梭！我只是個鄉下來的小律師。

但是，跟各位一樣，我們都有常人的智慧，可以依據被告請來的多位專家所提供的解釋來歸納結論，那就是：『輪胎本身也許在製作上出了問題。』

根據專家九的解釋，輪胎內的鋼絲浸入含鋅的溶液中，經過電鍍，可以讓鋅和鋼絲互鎔。據他解釋，這樣的鋼鋅合金，鋅是不會輕易脫離的！和被告專家四說的不同。

但是也許含鋅的濃度不夠，所以鋼絲的電鍍過程中，含鋅值不到標準，以致和橡膠的附著力不夠。據被告的專家三說：橡膠必須和鋼絲緊密沾黏，才不會產生摩擦力，不會造成輪胎使用一段時間後，鋼絲和橡膠脫離，產生摩擦力而爆炸。

現在輪胎爆炸了，再怎麼有名的品牌也可能會有瑕疵品，被炸出來的輪胎鋼絲確實有銹斑！證明輪胎鋼絲裡的鋅含量有問題！我的客戶受傷慘重，終身傷殘加上長期的頭痛困擾，讓他無法再回去原來的工作，他應該得到該有的賠償。」

頭髮花白的對手律師接著上台：「各位好，首先，我們很遺憾原告自知是煞車拖滯的問題，還下車修理，造成今天的意外。

當然啦，他現在推說當時講的是煞車鬆了，他的同事也非常好心地說，也許當時聽錯了，但是他卻不敢在法庭上發誓當時講的是煞車鬆了，他只敢說可能聽錯了，他顯然是個好人！

　　可是警察不會說謊吧？警察當時的筆錄是煞車拖滯，原告和同事忘了，或是聽錯，都情有可原，因為那是三年前的事了，沒人會記得太清楚。可是警察的筆錄是當時的第一手資料，不會錯！煞車拖滯會造成輪胎爆炸，這是原告和卡車司機都知道的事實！

　　說到事實，這麼多天來，各位在法庭上聽到的都只是理論。理論上鋼絲需要鋅和橡膠緊密相黏，以防止輪胎內產生摩擦力。這很專業，我們很佩服原告律師在本身沒有專業訓練下，能夠了解這樣的理論，姑且就稱之為『威廉斯的鋅理論』吧！理論很有趣，只是事實更重要！事實是：當時是煞車拖滯造成輪胎爆炸；事實是：鋼絲即使生銹，也沒有完全生銹到會產生巨大摩擦力！

　　對原告的傷害，我們感到非常遺憾，但這不是我們輪胎公司的錯，這也是事實。」

　　陪審團員進去密室討論了一小時，出來宣布被告對此次意外無罪。

　　我起身，和被告律師握手。客戶和他太太還呆坐著，我收拾好成堆的文件，跟客戶說：「等我一下去交文件給法官。」

　　退休法官看到我進來，點頭說：「You are a dog loser, but you did a

hack lot of job!」是的，輸得又累又慘，跟狗一樣！

步出法庭後，暮色已沉，四周冷清地和之前法庭上的火熱辯論有天壤之別。我和卡車司機夫婦提議去喝酒，三人在桌前各據一方喝悶酒，沒人有心思聊天，我打破沉默問：「以後有什麼計畫？」

「我們想開一家便利商店兼錄影帶店，做個小生意。」

「很好啊！保險公司那邊給的傷殘金，想一次領完還是按月給？」

「就一次領吧，當開店的資金。」

「到時我幫你過戶。」

「謝謝你這麼久以來的幫忙。」

我和他們道別回公司，忙了兩個星期，案子輸了，一毛錢都沒賺到，可是祕書的薪水得照發，我自己呢？已經沒領薪水很久了。我翻開公司近日的帳目，其他律師也沒進帳！可是也沒見他們來加班，好像公司的負債跟他們完全不相干！那我在忙什麼？為什麼我就要這麼累？

桌上散著這幾天做的零散筆記，我注意到上面有一張祕書的留言：老律師昨天過世了！九十三歲。老律師的名字在我眼前放大，我支著頭，生命里程中，算是很重要的一個名字，從此完全缺席。人生難料，個人得獨自走完自己的路。

8、一百八十萬美金的賠償！

相片是最容易給我靈感的證物。我翻著一張張大樓燒得露出一格格黑洞的照片：爆碎的玻璃、火舌染黑的木頭、沒燒盡的床架、電視……然後，我看見一個黑影！看起來像是小小的燭台，就在窗子中間……一二三四五，第五個房間的窗戶！我的客戶的窗戶！那不是燭臺，像是半身頭像！兩旁是高舉起來的手，在拍打窗戶！Oh, my God！我好像聽到婦人恐怖的喊叫！

律師一定賺大錢嗎？也許有人很好奇：官司打輸了，律師就真的沒拿到錢嗎？或是，這一行到底好不好走？

　　案子分成很多種，收費方法不一。最近講的這個勞工傷殘訴訟案，贏才能抽成；輸了，原告客戶還得負擔自己以及被告付給法庭的工本費，大約美金兩百元左右；但是被告的輪胎公司，通常贏了就很高興，不會真的去跟原告追討付給法院的手續費這種小錢。

　　如果贏了，按照客戶拿到的賠償金計算：前四萬五拿百分之二十，下一個四萬五拿百分之十五，以此類推，但是總額不得超過七萬五，這個上限是州政府規定的，隨時會更動。

　　車禍的保險理賠案和勞工傷殘一樣，贏了才拿錢。但是通常受傷一方只要沒說謊都會贏，只是賠償金多寡的問題，所以才會有很多大事務所在電視上、電話簿上打大廣告，因為賺得多又容易，不需要花大力氣，認真的律師稱這類律師「追救護車的人，ambulance chaser」非常不屑，明目張膽到現場拉客的話，是違法的。

　　當然囉，就像前面的案子，受傷客戶找你幫忙跟保險公司理賠，讓你輕鬆賺錢，錢到手後，保險公司希望你跟輪胎公司打官司。照理說，看起來勝算不大，你是可以推掉，但是這就很明顯是在挑案子，完全沒有站在客戶這邊，為客戶著想，這樣的律師不得人心，只能賺一次，小律師事務所重人脈，不敢做這種事；大律師事務所一切向錢看，挑得又

快又狠！

　　民事訴訟案，例如前面講過的縱火案、猥褻案，由律師自我判斷可能用掉的時間，是以件計酬。估低了自認倒楣，但是估高了，客戶可能就走了，去找別人。所以，剛出道的小律師，通常因為這種案子出庭率高、見報率高，所以願意收費低，先建立知名度、鞏固客源再說。但是客戶也不是傻蛋，有時寧可找有經驗、收費高的律師，增加勝算把握。

　　超速、交通罰單的小案子，也是以件計酬。小城律師收費低，有只收一百美元的，大城收費高，至少五百美金。通常到了外州倒楣拿到罰單，最好找當地的律師，因為地頭蛇嘛，認識法官，多貴也得認。

　　房地產過戶案，賣方律師就是按小時計費；買方律師則收固定手續費和各種雜費，而且因為有產權經紀人的執照，還可以拿產權保險金的回扣，從保險金的百分之六十到七八十不等，這是賺點。但是一般住家的過戶，賺的就少了，房價高保險就高，抽的才多。此類工作枯燥繁複，像是公務人員，比較缺乏成就感。

　　離婚官司也是按時收費，想賺錢的律師可以盡量把案子拖得越久越好，反正就像社工人員，耐心聽兩造抱怨，而且還能賺錢。不過，這類案子煩人，客戶通常很不理智，半夜也會打電話騷擾，做久了精神會出問題，成就感也是零，通常女律師較多。

　　移民案依案件不同，有固定收費。申請綠卡收費最高，各類簽證比

較便宜。

那麼，到底做這行，花了大筆學費上法學院，通常又沒有像學理工的容易拿到獎學金，可以賺回本嗎？答案是：如果你的孩子，沒有冷血心腸，還是勸他打消念頭吧！當醫生去！病人得對你畢恭畢敬，出庭的話，每小時以美金六百元起跳，穩賺不賠。從商也好，買賣房地產，賺錢以百萬計，不需要高學歷。所以說，天生家世、個性，注定一生的命，大夥兒看著活吧！

言歸正傳，再來看一個大案。

二線律師還沒當上法官前，未經另一位合夥人三線律師的允許，擅自撥一萬美金捐給和自己交好的慈善機構，當時我還不是合夥人，搭不上話，沒權阻止。那三線律師心裡很嘔，老是找我抱怨，碰到二線律師卻隻字不提，想維持表面上的融洽，我看在眼裡，不太苟同。

狀況出到我身上了！二線律師接了另一個案子，案子還沒出庭，他就形同離職，每天都等著宣誓當法官，所裡另外得有人處理，那人是誰？用腳趾頭都想得出來，當然是我啦。照理說，這是二線律師接的案子，即使他沒花半點時間，贏了他也可以抽成。這是按理，我不是氣這點，那麼是什麼狀況呢？唉，先說案子吧。

原本是個小案子，我丟給新來的小律師。一家大型連鎖飯店失火，燒死了許多人，其中一名婦人遺下一個才五歲的小男孩，婦人並沒有結

婚，小男孩的生父當時在坐牢，現在出獄了，要跟婦人的父母要回小男孩的撫養權。

　　我們的客戶是小男孩的外祖父母，小男孩根本從來沒見過生父，因為母親上班，從來都是外祖父母在照顧他，況且生父居無定所，毫無謀生能力，基於對孩子最有利的原則，孩子應該要歸外祖父母。但是上法庭就像上賭場一樣，法官也可能只因血緣關係而判給生父。

　　這樣的父親，為什麼突然跑來搶撫養權呢？因為重點在後續的案子。母親因飯店失火而過世，會領到一筆撫恤金，母親未婚，只有一名五歲小男孩需要撫養，所以龐大撫卹金的受益人就是孩子，孩子未成年，所以錢的支配會送到撫養人手上。

　　人心險惡，幸好美國的司法還有一點正義，我們勝訴，小男孩的外祖父母要到了撫養權。事情當然還沒結束，接下去的飯店失火案才是重頭戲，因為飯店只交由保險公司處理理賠事宜，不願做額外賠償。小律師新來，不可能獨力完成此案，我得幫忙，我得幫二線律師賺這個案子！

　　失火案的死者中，只有兩人的親屬找了律師，重點來了！其他人為什麼不找律師呢？一般人都以為，反正能領到保險公司的理賠，哪需要再花錢請律師？律師沒一個好東西，最好別碰！那我也不開慈善機構，不會上門找你送錢，等知道吃虧了，都去後悔吧！

哪兩人的聰明親屬找了律師呢？一個是前面提到有幼子的婦人，一個是當時住同一個房間的男友，兩人被燒死在房間裡。

　　保險公司都要賠了，我還要告誰呢？

　　這個？敢掛牌跟你收錢，或是你說的搶錢，蹊蹺就在這裡。飯店失火總有原因，有人逃出有人燒死也會有原因。失火原因據說在瓦斯爆炸，瓦斯為何爆炸？瓦斯公司是否沒有按時檢查管線？失火了，為什麼死者逃不出來？瓦斯公司多久才趕到現場關瓦斯？飯店是否有疏失？緊急疏散通道是否沒做好？

　　我列出了七十二名重要人士，需要做案前的「筆錄」（deposition）。七十二份筆錄要在兩個月做完，我不是三頭六臂，好歹也升到了有人資歷比我淺的地位，當然可以叫新來的小律師跟我分擔囉！我們各分到三十六件筆錄。

　　再者，婦人男友的律師，為此花時間的意願不高，因為那名死者很年輕，沒有太太小孩需要撫養，拿到的撫卹金不會多。我想了一下，反正多一個客戶，也是做同樣多的筆錄，乾脆直接支付那名律師一筆費用，請他退出，讓案子簡單一些。

　　消防隊提供的火災證物很多，相片是最容易給我靈感的證物。我翻著一張張大樓燒得露出一格格黑洞的照片：爆碎的玻璃、火舌染黑的木頭、沒燒盡的床架、電視……然後，我看見一個黑影！看起來像是小小

的燭台，就在窗子中間……一二三四五，第五個房間的窗戶！我的客戶的窗戶！那不是燭臺，像是半身頭像！兩旁是高舉起來的手，在拍打窗戶！Oh, my God！我好像聽到婦人恐怖的喊叫！

喊叫的其實不是婦人，是我老婆，伴隨著嬰兒啼哭的聲音，她衝進書房，披散的捲髮散在敞開的胸前，把兒子一把塞過來！這女人？現實的驚嚇讓我的腦子停頓一秒，我抱著乾嚎的兒子搖晃……這女人？是逃不出來死的，死得真慘！並不像飯店說的立即死亡。

「痛苦損害賠償」（pain and suffering damages）的定義是：非立即死亡前，所遭受的折磨。賠償金額依目前的州法規定，上限是三十五萬美金。我花了一千美金把照片放大，確定是人形，不管人形是婦人或是男友，兩人同死在一個房間內，遭受的折磨是一樣的，所以可以推翻飯店的立即死亡說法，拿到這一筆痛苦損害的賠償。

另外，在法律上，人死了，他的estate，就是「法人」，依舊存在，而且能夠視同生前行使所有的權益，例如薪資所得。我請了經濟學專家計算出死者的所得損失，配合平均壽命，加入現有利率、通貨膨脹……等外在因子，應該可以請求十萬美金的賠償。

再來，像是喪禮費用、死者直系血親，如父母、兄弟姊妹、成年子女的一般精神損耗賠償；未成年子女的撫養賠償……就沒有一定的數字限制，一切依兩造協議或是法官的裁決而定。

最後，還可以訴請「懲罰性的損害賠償」（punitive damage），懲罰誰呢？懲罰屢次犯罪的肇事者。這家有名的飯店連鎖店，在我的大腦資料庫裡，前陣子也在別州失火過，不對，不只失火過一次，是兩次，兩個不同州！巧合嗎？再怎樣都能找出共通點。

大致是如此了，我開始找資料。其他兩處的失火原因也是瓦斯爆炸，有一處的案子提到瓦斯的開關有問題。總公司說，有去函要各家加盟店徹查；失火飯店則推說不知情；那麼瓦斯開關的製造商呢？聲稱還在研究產品是否有缺失。好，反正這夥人都脫不了干係，全被我列入被告。

瓦斯公司呢？到底等了多久才到？報上說的是兩小時！兩小時內，據目擊民眾說，瓦斯管像是自來水管一樣，不斷噴出兩層樓高的火柱！如果瓦斯公司效率高一點，後果不會這麼慘重，被告名單再加一名。

那麼，為什麼有人逃得出來？我的客戶沒逃出來呢？照片主觀的因素還是很重，我需要其他的證據。什麼證據呢？路人、房客、飯店工作人員都好，但是人數頗眾，我已經有點經驗，不會像辦第一次縱火案一樣，傻傻地自己跑現場問，被人甩門碰傷鼻子的教訓我還記得！這年頭，說沒有種族性別歧視是騙人的，我於是請了一位年輕貌美的高中女孩，專職打電話跑現場聊天，就是盡量套出一些八卦，再把八卦主角請來辦公室，給我做筆錄。

有什麼收穫呢？我找到了一位當時的房客，聽到我的客戶在房間裡拍門求救，那名房客試圖幫忙，可是還是打不開門；還有一位工作人員，在逃難時也聽到拍門求救聲，這兩位證人足夠推翻飯店的立即死亡論，我的客戶並非在睡夢中嗆死的，而是在意識清醒中，求救無門嗆死的！

工讀生還幫我問到一位飯店工作人員，透漏案發前一個月，聞到有瓦斯漏氣的味道，但是飯店置之不理，飯店想撇清責任是不可能了！

那麼，門為什麼打不開呢？因為飯店用的是一種「門栓」（deadbolt），不是比較安全的「門鍊」（chain lock），門栓在飯店失火時，因為溫度太高，整個扭曲，反而讓門打不開，這是個失火現場很常見的現象。製造門栓的公司以及選擇用此材料的建設公司，應該有此常識，也有責任警告飯店全面換鎖，可是顯然都因為成本考量擱置。

好啦，到目前為止，被我列入被告名單的，就高達七個：總公司、加盟飯店、瓦斯公司、建設公司、爐火包商、瓦斯開關製造廠和門鎖公司。這些公司呢，也是纏纏繞繞，彼此互告，但是因為他們都告不到我，所以自然互相聯合，全力跟我對抗，嘿，我反倒一次樹立了一堆敵人！

作筆錄的時候，律師總共有十二位，十一比一，十一是敵方，那個一是我，加上法院的書記和被做筆錄的證人，我們得租一家飯店的會議

室才能解決。嘿嘿，總共七十二個關係人士：證人啦、專家啦、房客、消防人員、飯店員工啦……共七十二次筆錄，即使我和小律師各分一半，還是有三十六次！在兩個月間，得進出飯店三十六次！天啊，最好別失火啊！

其實，這個案子不難，只要布局好，就是很制式的筆錄。被告雖然聯成一氣，看也知道必輸無疑，絕對不用上到法庭就會投降，問題是，願意賠多少？

對方合縱是希望能跟我們談一個數字，他們私下間的責任問題他們自行解決，跟我沒有關係，其實也讓我省事很多。

第一次的談判，被告一開始就給了一個很大的數字，小男孩的外祖父母嚇了一跳，我輕哼一聲，起身離去，老先生老太太急忙跟出來：

「怎麼回事？不好嗎？」

「當然不好，下次再說。」

「可是……。」

「別擔心，只會更高。」我把食指彎起來頂住上唇，輕聲說。

數字到底多少呢？一百三十萬美金！比原先想的五十萬多了兩倍半！怎麼不好？這是心理戰術，敵方非輸不可的情況下，兩造如果談不攏，上了法庭，是有陪審團的，這種民事案件，可憐的苦主絕對會得到更多同情，到時賠償的數字可就不是算總數了，而是每個被告一個個

賠，加上被告得付給律師和法庭的費用，最後損失的數字更可觀！這是被告最不想見的情況，他們無論如何都會要求庭外和解。

預定開庭前，敵方又丟出一個數字，一百八十萬美金。這案子拖了也快一年，我不是愛火上加油的人，有點基本下馬威後，還是得給對方台階下吧！雙方日後碰面都不會太難堪，客戶也可以早點拿到錢，取悅了客戶也取悅了敵人，案子就此和解。

一百八十萬是賠婦人的，再加六十萬賠婦人男友，兩個案子加起來的律師費是六十萬。二十萬給婦人男友的律師，四十萬歸我們事務所。小律師剛來，不是合夥人，分到三萬；我和二線律師各分到五萬，沒錯，一根手指頭都不用抬起來的二線律師也分到五萬！剩下二十五萬付所裡的開銷和負債。

這是個到目前為止讓我賺到最多錢的案子。

案子結束時，剛好是律師聯誼會的聖誕餐聚，鎮裡大小律師都圍攏過來道賀，二線律師的嗓門很大，很難不聽到他的笑聲。

「恭喜啊，聽說你們所裡賺大錢了！」鎮裡一位資深律師寒暄。

「辛苦錢哪，錢哪會好賺啊？」二線律師喝了一口酒答，我苦笑了一下。

「那當然那當然。」

「你不知道我們花多少精力辦這個案子！光筆錄就要做五六十筆，

還要四處探訪相關證人挖內幕……你能想像嗎？晚上忙到半夜回不了家！」我訝異地抬頭看二線律師，他在說誰啊？自己嗎？他根本一秒鐘都沒花到！

二線律師眼角撇到我，朗聲道：「來來來，這是我們所裡的新秀，威廉斯先生……」說著在我肩上拍了一記：「他在這個案子上幫了大忙！」

幫了大忙？整個案子都是我在處理，最後變成他的光環？我只是新秀？幫了大忙？領走同樣多的獎金就算了，嘴巴上還不老實！算我看錯人了！還笨到幫他拱上法官！他連面子都不用再給我，是嗎？

我惡火攻心，正想調侃他幾句，老婆步履闌珊，擎著酒杯走來：「誰幫了大忙啊？他嗎？怎麼他從來就沒幫過我的忙？你們都沒看過，他在家啊，懶人一個！」

「抱歉……」我攬開那喝得爛醉的女人：「內人喝多了，我們得先走。」我跟那位道賀的律師告別，寒著臉離開。

接下來是怎麼回家？怎麼到另一家酒店的？我不記得，我只記得跟老婆在車上大吵一架，發誓再也不會帶她去任何酒會！在家帶孩子辛苦我知道，能幫忙我也沒拒絕過啊，重點是，喝酒要知節制，否則給人看笑話多丟臉，要我怎麼在外面混下去？

然後呢，我也在心裡砍了二線律師無限刀！

三線律師後來走了，自己出去獨立門戶。離開前和我搞得不太愉快，他埋怨我沒和二線律師起衝突，拒給獎金。我解釋那是規定，拒給是我不對，人格問題彼此清楚就好。三線律師繼續抱怨所裡的負債和分配不公，我應該和他一起離職，我不認同。公司有負債，不能這樣一走了之，否則信用不好，會跟自己一輩子；分配問題可以慢慢再談；負債呢？才剛賺進一筆，不到絕路……他還是拂袖離去。

　　這是一個人的理念與態度問題。

　　領到生平最多的獎金，五萬美金，我沒有該有的興奮。

9、未成年者的法律保障權

魔頭法官抬起頭，掀起眼皮，從老花眼鏡上看我，緩緩地，一字一句說：「Motion denied！」動議駁回。

我跟他對視了一秒，微笑道：「No defense on merit！」對本案不做任何抗辯！

最近老是有高中生謊報校園有爆炸物的惡意電話，讓師生和警方驚嚇忙亂，最後虛驚一場。神通的警方居然也能抓到這些沒事搞鬼的孩子，而且把這些高中生全送進少年管訓所，關他個三四個月！

每次看到記者繪聲繪影的報導，就讓我很火大！

不是因為報導太詳盡，讓其他孩子有樣學樣；也不是火大這些孩子不好好唸書，淨搞把戲；而是，大家沒發現嗎？記者怎麼可以進法院做記錄？這些都是青少年啊，青少年受有出庭時不可對外公開的法律保護！

讓我更火大的是，每個法官都讓記者進來！還有那些美其名應該捍衛法律的律師，居然都沒吭聲！

這還能自稱是崇尚法治的國家嗎？

然後，真的炸彈來了！那位魔頭法官，各位還記得吧？就是那位我剛上班還沒拿到執照時，老碰到的法官，最愛整新律師，當時我不服氣翻出P法則，說他違法，後來就被同事戲稱叫 Mr. P Rule。

那位法官，收到一個炸彈包裹，打開時被炸傷了！還好只是皮肉傷，和一點聽力受損。

他找我們事務所幫他處理勞工傷殘理賠，我當然拒接他的案子，恨不得……嗯，以下請自行想像！但是呢？我接了另一個案子！哈哈，猜到了嗎？就是幫嫌疑犯辯護！這？為什麼有人特別討厭律師就是這樣，

別惹我們，惹了我們，下輩子還是會找機會跟你扯平！

我的嫌犯因工作關係，剛搬來這個小鎮沒一個月，跟法官住同一條街，家裡被警方搜到爆炸物，院子裡還種毒品，所以被以非法擁有爆炸物、毒品，以及妨害公共安全、涉及恐怖攻擊罪起訴。

這個案子聽來一點勝訴的機會都沒有，偏偏我喜歡挑戰，再說對抗的是我最討厭的法官，更能引起我的鬥志。

我先和嫌犯談。

前面說了，他剛來，明確一點說，才來十九天。電話簿都還沒收到，家具還沒買，哪裡有乾洗店能換洗上班的衣服還不知道，哪管得到郵局和法院在哪裡？還有，他家門口的信箱上，連自己的名字都還沒貼上，有空去記左鄰右舍的名字嗎？更何況是住街底那戶，法官的名字！

所謂爆炸物是煙火，因為國慶要到了，想賺點外快，賣煙火不叫擁有爆炸物吧？

毒品呢？是幾盆搬家時搬來的大麻，給自己吸的。種大麻在本州雖然犯法，但是還不到有妨害公共安全和涉及恐怖攻擊的罪名。

整件起訴案不過是想趕快結案做考績，抓個替死鬼頂罪。嫌犯在既沒恐嚇理由，也沒有其他傷害證據下，最後被判六個月非法擁有毒品罪，和法官的爆炸案完全無關。

雖然，這是以件計酬的案子，我只賺進一千美元，但是我賺到了司

法正義。

　　再回頭看少年謊報爆炸物的案件，那些搞鬼的孩子全都進了管訓所三到四個月。不要以為管訓所和監獄不同，管訓所裡，各種真正去殺人放火的罪犯都有，只是年齡不到十八歲而已。這些搞怪的孩子也被和殺人犯關一起，會發生的事件和成人監獄一樣，出來以後不是瘋了，就是道行變得更高！

　　管理的資源人手不夠，只會造成更多問題，輕度罪犯應該和重度罪犯完全分開才對。更重要的是，在還沒改善管訓所的情況之前，與其把更多青少年關進去，不如慎重考慮其他懲罰的方法。

　　法官的結論說：「Sometimes you have to whack the mule！」殺雞儆猴。

　　說這句話的法官，就是那位魔頭法官。巧的很，又有兩名高中生惡作劇了！有一名家長找上我。

　　開庭的時候，法官正是魔頭法官！大小記者呢？也全都在，全都來看這據說可以殺雞儆猴，卻一再上演的戲！

　　我看著站滿記者的法庭說：「報告庭上，我必須提一個臨時動議。這個案子的關係人未成年，為了保護未成年者的權益，不應對外公開，不應讓記者進來，請庭上讓他們出去。」

　　魔頭法官抬起頭，掀起眼皮，從老花眼鏡上看我，緩緩地，一字一

句說：「Motion denied！」動議駁回。

我跟他對視了一秒，微笑道：「No defense on merit！」對本案不做任何抗辯！

現場鴉雀無聲，那名高中生面目呆滯，父親茫然提起預先準備好入獄的盥洗衣物，母親臉龐流下兩行淚，我緩慢回座，打開筆記本，開始寫上訴的狀子。

一般，若不服法官判決，可是如果法官沒違法，沒有不當的司法基礎，是不能上訴的，但是這次，法官是違法了！

有五分鐘吧，法官終於輕咳了兩聲，打破寂靜說：「此案，判被告服刑三個月，但唸在被告自知有罪，又是初犯，得以罰金一百並緩刑一年。一年的觀察期內，若表現良好，得取消刑期；若再犯，則加倍刑期！」

被告母親破涕為笑！全身發抖，緊握著我的手道謝！我早就料到會有這樣的發展！魔頭法官只敢在自己家稱王，從前沒律師敢拆他的台，就為所欲為！現在被我當面搓破，當然知道我一定會上訴到最高法庭，這個案子一旦到了他上司那裡，說有多難看就有多難看，我只不過是提醒他一下而已！

那麼，那些也是無法無天的記者呢？會來報這個案子嗎？這個所有孩子都進了管訓所，只有我的被告不用去的案子，很精采啊！他們是報

了，不過標題寫的是：「某律師居然提動議，要記者離開法庭，結果被法官駁回，Lost the argument！」輸了論點！

我不在意報紙怎麼說，重點是我的客戶不用去坐牢，表面上我輸了，客戶被判有罪，但是實際上我贏了！記者沒盡到報導真相的責任，反倒成了玩法、玩政治、模糊焦點、矇騙大眾的劊子手，我為他們感到不恥！

鎮裡的律師為我捏了把冷汗，畢竟律師得和法官打好關係，否則以後接案，輸的比例極高。但是呢？當面卻開了句玩笑：「You have balls！」哈！這句？就不用我解釋了吧！

10、怎樣算嚴重過失？

案子能進到最高法院就算最高榮譽了，許多律師一輩子也沒上過最高法院。可是此刻我一點也不興奮，也不緊張，就像快餓死的人，要的不是名利，他們滿腦子只有食物。我走到最高法院外抽煙，這裡的街景跟DC很像，高聳精緻的石板建築、石柱前廊……那時我只是法律系實習生，在聯邦司法部的刑事司法局當助理……

大家看過工地常有載滿砂石的卡車傾倒砂石吧？對，就是那種可以升降的砂石車，卡車司機必須下車，站在靠近駕駛座的卡車旁，拉動控制桿，讓車床慢慢增加角度，倒下砂石。卡車司機隨著車床增高的角度，抬頭估算是否會誤觸鄰近的高壓電，這是砂石車司機都有的基本訓練。

　　然而，四月的某一天，天氣剛轉暖，某工地突然發出一陣火花爆裂聲！

　　「我不知道到底怎麼回事？那天太陽很大，我看了一下砂石車床，覺得高度可以了，就伸手抓控制桿，想開始傾倒砂石，然後下一件我能告訴你的事，就是躺在醫院裡了！」

　　車床碰到高壓電纜了！就是這麼回事。那個可憐的卡車司機全身百分之七十灼傷，砂石公司的勞工保險願意負擔所有醫療費用，以及就醫期間三分之二的薪水，另外呢？給了一筆四萬美元的毀容賠償。

　　這個案子一開始不是我接的，是和我共用辦公室的另一個事務所的案子。他們控告電力公司未善盡警告責任、砂石公司未提供應有的協助，但在巡迴法庭敗訴後，他們想再上訴，這次，找了我加入。

　　我看了一下案子，覺得既然已經敗訴，如果巡迴法庭沒有做出違法判決，想要用同樣理由翻案是不可能的，必須找到巡迴法庭犯了法律錯誤的地方。

然後，我想到美國法律最讓人拿來當笑話的，就是梯子上的標語。

黃色的三角形警告標籤貼得跟梯子一樣高：小心！別在雨天的戶外上梯子。小心！上下梯子的時候，請永遠面對梯子。小心！在梯子上跑跳可能受傷。小心！請勿將頭手超過梯子高度或寬度。小心！梯子很高，請不要往下跳。小心！梯子不是×玩具……喔？好啦！我承認，最後兩句是我自己編的。不過，前兩天買的蕨類盆栽上真的寫著：此為不可食性植物，請勿食用！Don't eat the fern！哈，每一句警告背後，都有因此賺大錢的律師在訕笑……天可憐見，終於也讓我遇到一個這樣的案子！

這些案子要能贏，關鍵就是有陪審團，任何一個有點同情心的人，看到全身受傷的貧苦工人、聽到受傷時的慘況、看到恐怖的照片……很難不多給傷者一點賠償。所以，這個案子想贏，得要求有陪審團。

可是巡迴法院沒安排陪審，認定沒有必要，其他辦案的律師也不了解我為什麼正事不做，光想要陪審團？我寫了份簡短的訴狀，準備在特殊法庭出庭時提動議。

要有陪審團，必須是很難分辨黑白的問題，點出無法由法官一人裁決的理由。其他律師覺得，這家砂石公司前幾個月才有另一位工人，也是誤觸高壓電纜灼傷；此外，電力公司在出了意外之後，並沒有在高壓電纜上，做特別的絕緣保護，所以要負過失之責。

我同意，但是，就像先前提到的梯子笑話，如果任何過失案件都這麼容易跟大公司索賠，那些警告標籤也不會存在。馬里蘭州的高壓電纜法就挑明說：「高壓電很危險，發生事故不得因此告電力公司。」想隨便告人，看來也不是那麼容易。

　　至於過失疏忽的法令，我們馬里蘭州還停留在原始期，也就是說，當雙方都有疏失時，如果一方屬於嚴重疏失，另一方屬於一般疏失，那麼嚴重疏失的一方才必須負擔損失賠償。

　　那麼，為什麼說馬里蘭州的過失法已經過時了呢？因為嚴不嚴重的定義很難說，如果沒達到所謂「嚴重」標準，不就都不用賠了嗎？這也是美國其他各州都已經改成「比較過失」法則的原因，雙方都有疏忽時，只要兩邊相比，過失多的就賠過失少的，合理許多。

　　我的上訴狀說，工人說他知道有高壓電，也小心避開了，後來遭電殛，應該是開始傾倒時碰到高壓電纜，所以不算他有疏失；然而當場作證的工人，卻說是一開始就碰到高壓電，他們是砂石公司員工，當然會做出有利砂石公司的證詞，這樣有認知衝突的糾紛，應該要有陪審團裁定；更何況，根據一般法，公司有警告潛在危險的責任。電力公司和砂石公司是否因此犯了嚴重疏失，也應該由陪審團決定，不應該單由法官一人裁決。

　　狀子寫好，因為我不是主導律師，其他律師看了看，不以為然，可

是還是夾進卷宗，一起送馬里蘭州的特殊法庭。

　　一九九六年，法院的電腦系統需要更新，所有預定出庭的勞工傷殘案，因為無法調檔建檔，全部凍結。凍結一個月時，大家沒什麼感覺，就是趁機把事務所裡以前積壓的案子趕上進度，趕到可以等出庭結案。凍結兩個月，客人因為案子沒了結，打電話來詢問又會被我按時計費，開始不爽拒付帳單；該拿到賠償金的客戶等不到錢，也對我抱怨連連。三個月四個月過去，所裡閒閒沒事的祕書照樣支薪；兩個新來的律師不算合夥人，也早早下班，薪水照領；只有我，看著事務所進帳是零，支出未減，不得不開始凍結自己的薪水。然後半年過去，我的退休金帳戶關了，大紅Porsche也賣了，還是填不滿這個無底洞。

　　我很累。

　　我需要可以賺大錢的案子。

　　等到政府部門終於又開張正式運作，這個不被看好的案子，居然被最高法庭相中，升級成了馬里蘭州最高法院的案子，原因就是州法不採比較過失法則，但是如果此案被最高法院的法官認為牽涉到嚴重過失，那麼也就間接用了比較法，以後的類似案件將有案例可循。

　　理論上，如果不服特殊法庭的裁決，想上訴必須申請「調審令」（certiorari），請求最高法院審理此案，現在省了一道手續，直接上最高法庭，A certiorari before judgment，算是一項殊榮，翻案出現曙光！

我開了三個半小時到首府，站在比一般法庭大了四五倍的最高法庭，眼前加高的台上，坐了七名穿大紅袍的法官，真的是所謂高高在上！所有律師瞬間變得渺小至極，我抬頭面對坐成半圓形，圍繞著我的七位法官，開頭的幾句開場白，居然出現抖音。

　　「報告庭上，工人的證詞和其他證人不同，在雙方有糾紛的情況下，應該有陪審團來判斷對錯；再者，雖然電力公司在前次意外後，綁了幾面紅旗當警示，」我稍做停頓，穩下音調，開始慢慢地直視每一位法官的眼睛：「可是沒有進一步做絕緣工作，造成可能致死的公共危險，應該屬於嚴重過失；同樣地，砂石公司只做口頭提醒，沒有加派人力支援，造成如此傷重的意外，兩家被告公司都犯了contributed negligence，導致他人因此受傷的過失，所以是屬於失責的嚴重過失罪（gross negligence），應該交由陪審團估算過失賠償。」我緩緩入座，希望看出法官的反應……可惜，等我收起文件，還是沒有一丁點把握。

　　最高法庭只管巡迴法庭的法官是否做了違法判決，所以，現場沒有人證、物證、原告、被告，只有兩造律師限時一小時，輪流對法官提出論點，然後回家等候每位法官的判決。

　　如果是從前，案子能進到最高法院就算最高榮譽了，許多律師一輩子也沒上過最高法院。可是此刻的我一點也不興奮，也不緊張，就像快餓死的人，要的不是名利，他們滿腦子只有食物。我呢？只想賺錢。賺

夠錢才發得出薪水，才能還清公司的債，才能衣食無虞。

　　我走到最高法院外抽煙，這裡的街景跟DC很像，高聳精緻的石板建築、石柱前廊……那時我只是法律系實習生，在聯邦司法部的刑事司法局當助理。畢業後，辭職到小鎮事務所工作，雖然司法部的聯邦律師極力挽留，願意等我一年，但是一年後我小發，還清三萬六千美金的學生貸款、買了房子車子，當然沒再回月薪一萬五的司法部。

　　再過兩年，我考上外交官，也多了個兒子，可是看著那小子不佳的健康狀況，只好放棄需要遠調的外交官新跑道，留在原地等發財。

　　然後，惠我良多的老律師過世，事務所不振，即使換人換地、整頓合併，事務所裡還是只剩下空殼，沒有往常吵雜的電話聲，每天只有郵差會固定推門進來，送來還是寫著老律師名字的雜誌。偶爾也會有人來電要找老律師，人不是都死了好多年了嗎？還是我進了與老律師同在的天堂啊？

　　「辭職啊！」太太每天對我這樣吼！

　　我不想回答。跟誰辭啊？跟我自己嗎？我就是老闆啊！宣布破產嗎？我主修的就是破產法，結果才畢業，馬里蘭州的破產法全面改寫，我背的法令全都成了×話！現在踏入勞工傷殘法，從賺翻到居然因為法院電腦更新而破產！

　　事業生涯到此，將近四十歲了，幾乎都在為錢奔波。我把煙丟在腳

下，踩熄。

三個月後，最高法院寄來判決，在意料之中，我們敗訴。「此案，無構成嚴重疏失的條件；此案，對於申請陪審團提案，僅有某法官一人贊同，但其他法官皆持異議。唯因案例特殊，將提交案例以供出版。」

我苦笑，需要錢的時候，得到的卻是一文不值的小名，造化弄人。

又過了半年，那名工人死了，高血壓。聽說意外以後，因為當時向後摔倒，就一直有背疾。工人其實已經快六十，年紀不小了還出這樣的意外，讓人同情。他是我唯一沒見過面的客戶，可是他的名字，和我一起，都將永遠出現在我唯一的出版品上。

11、算不算人為縱火？

檢察官的臉開始漲紅，我微笑，轉向法官：「報告庭上，木屋的屋齡很高，停放車子和汽油、機油桶的年數不會太少吧？車子呢？很少不漏點油的，據消防隊長說，經過專業訓練的狗，靈敏異常，當然聞得出這麼多種油味，以此證明是人為縱火，理由並不充足！」

今天一早，有件縱火案要出庭，我約了客戶在事務所碰面，先幫他穩定情緒，再一起去法庭。一進公司，小祕書就跟我說，大祕書的貓死了，今天請假要幫貓辦喪禮。

　　「妳是她老闆嗎？妳有權准她假嗎？」

　　小祕書轉轉眼珠，沒回答。

　　「以後誰要請假都得跟我請，搞清楚誰是這裡的老大！」真是有沒有搞錯！事務所裡對病假、事假沒有上限天數，覺得反正是七人小公司，大家要有和公司共榮的觀念，賺不賺錢每個人都清楚，可不可以請假也該知道。如果真有重病，我也不可能說假用完了，不能去開刀住院。可是這樣找名目不來上班，還不需要經過我同意，我只是被告知一下，就太離譜了！

　　我收拾好出庭的文件，客戶也剛好進來，我跟他進了會議室。剛坐下，他就很緊張地問：會開庭一整天嗎？還是會更久？要是沒結案，什麼時候繼續？明天嗎？

　　我還沒回答，抬頭看見中祕書手上拿了一疊文件站在門口。通常，有客戶在，祕書是不能進來的，除非有緊急的事。我跟客戶說抱歉，等我一下，正起身要到會議室外問祕書什麼事？沒想到中祕書居然甜甜地轉頭對客戶說：「要是今天沒結案，明天不可能繼續喔，下次想排上法庭，至少得等一兩個月囉！」

這就是現在二十多歲的祕書，從小受愛的教育的結果！說是自己很特別，每個人都有專長，和師長父母稱兄道弟，完全沒有長幼尊卑的觀念！我的客戶在問我問題，祕書以什麼立場回答？忘了自己的角色是什麼！給錯答案誰要負責？

我把會議室的門關起來，沉下臉：「聽好，跟妳說過不只一次！不准回答任何客戶的問題！電話上已經不准了，當我的面，妳覺得就可以嗎？」

「就是很簡單的問題啊！」

「如果妳的話有分量，妳來開店做生意好了！」中祕書扁扁嘴，遞給我手上的文件，就回座位去了！這年頭？

大吐一口氣，我開門跟客戶說：「走吧，再不走，這些女人會讓我們更忙！」

言歸正傳。客戶是一位保險業務員，以每根木頭一美元的價錢，買下國家公園的一棟廢棄小木屋。這些老木頭非常值錢，業務員打算拆下來後，在別處另蓋新的木屋轉賣。為了省人工費，他住進小木屋，邊住邊拆。六個月後天氣轉冷，他乾脆在小木屋的柴火爐燒拆下來用不上的木頭，結果不慎把房子給燒了！

「報告庭上，被告自己是保險業務員，剛好又在投保房屋險後失火，動機可議！加上被告顯然因為進度落後，跟銀行貸款的日期已近，

無法如期變賣木頭得利，毀約放棄木屋又會被公園告，氣憤縱火有跡可循。」檢察官說。

「報告庭上，被告自己就是保險業務，雖然他在木屋著火前幾天才遞出房屋保單，但是他怎麼可能不知道還沒生效？怎麼可能因此詐領保險費？木屋燒了對被告沒有一點好處，檢察官認為的動機無法成立。這件案子不可能是人為縱火，應該只是過失。」我入座。

法官面無表情，沒被我說服的樣子，指示檢察官開始提證人。

第一位證人是消防隊長，「這件失火案很明顯就是人為縱火嘛！因為我們帶去經過訓練的狗，一到現場就狂吠不止，指出多處油漬所在，剛好就是看起來燒得最澈底的地方，起火的源頭！」消防隊長和檢察官一問一答，把狗、油漬、起火處幾個問題重心連起來。

「也就是說，這些經過專業訓練的狗，即使連一丁點汽油漬都聞得出來？」我問。

「當然！這些都是非常專業的狗。」

「這麼厲害？那麼多少算一點點呢？一滴算不算？即使是一年前的油漬，也聞得出來嗎？」

「聞得出來，只要有，就聞得出來。」

「好，報告庭上，我沒有別的問題。」

檢察官接著提公園管理員，管理員看起來是個好脾氣的老先生，讓

我想起小時候去國家公園時的解說員，總是戴著綠色大圓帽，跟我們講解植物生態，對每棵樹都像自己的孩子一樣如數家珍。

「那天很晚了，接到電話遠遠就看得到著火的木屋有火苗從煙囱噴出來，然後爆破窗戶，好快就燒光了！」

「消防隊很快趕到嗎？」

「是的，不到十分鐘！這種會引起森林大火的意外，隨時得有警覺。」老先生有點義憤填膺。

輪到我了，我深吸一口氣，得先讓老先生輕鬆下來，卸掉心防：「請大致說一下小木屋的用途。」

「那間小木屋啊？唉，很古老了……我來公園工作前就有了。很大呢！我們拿來儲藏各種工具，像是整理公園用的除草機啦、剪刀、垃圾桶啦……唉，還可以停得下兩部車呢！燒掉了真是可惜啊！都是好木頭啊！賣得這麼便宜，就是想買主會再用來蓋木屋……誰知道怎麼就沒了！唉，可惜了這麼好的原木……」

老先生就像每個人的祖父一樣，說話很慢，只要給他們起一個想當年的話頭，當個好聽眾，他們就不會討厭你了！

「所以，你說停過兩輛車？」

「沒錯啊，就是兩輛，三輛也勉強可以喔！只是裡面已經放了太多東西了……」

「還記得停車的位置嗎？」我遞過一張木屋的構造圖。

「記得記得，車子直接開進去，停在中間⋯⋯我不喜歡倒進去停，這兩邊都堆雜物⋯⋯」

「哪裡放除草車呢？那種用開的吧？」

「當然是用開的！手推的要推到什麼時候？公園這麼大！就放在左邊前面這裡。」

「所以，你也放汽油桶嗎？給除草車用的那種汽油？」

「小夥子！你沒除過草吧？除草車用的就是普通汽油啊！只有修剪路邊的那種剪子，需要混機油和汽油。」

「所以你也有機油桶？」

「有啊！」

檢察官的臉開始漲紅，我微笑，轉向法官：「報告庭上，木屋的屋齡很高，停放車子和汽油、機油桶的年數不會太少吧？車子呢？很少不漏點油的，據消防隊長說，經過專業訓練的狗，靈敏異常，當然聞得出這麼多種油味，以此證明是人為縱火，理由並不充足！」

這個案子，法院以為很簡單，只排了一天對質。沒想到兩位證人問話完畢，就沒時間了！再追加一天出庭日，得排到一個月後。不過，我一派輕鬆，是檢察官得大傷腦筋，還要多找些證據。

只是，這個我從前的法官朋友也一臉不耐，沒打招呼就走了，有

點奇怪。當上法官就高人一等了嗎？我哪裡得罪他了？他還是律師的時候，我們兩家總是互邀作客，算談得來，都喜歡聊歷史。我們是交手過一次，他輸了，可是勝敗乃兵家常事，誰都得跟客戶盡力，怪不得我啊，他不也是早早就轉運當上法官了？

做這行的，好像永遠沒有真正的朋友。

一個月後，檢察官臨時多找了一位勘查火場專家，我提動議抗議失效。這位專家從火燒的痕跡規律，提出是多個起火點的論述，並且根據儀器分析，地板上的汽油量很高，不是普通停放車子會滴漏的油漬。我找不出漏洞，只能當場以他攻擊檢察官一個月前的證人。

「所以說，經過專業訓練的狗，並無法分辨汽油量多少？」

「是的，我想你也知道，狗的嗅覺不足以判定縱火責任，這是勘查火場需有的認知。」

很好，這位厲害的專家當場認錯，把我要說的話講完了！「但是根據這張火爐燒毀的照片，當時的溫度一定很高，煙囪也積滿灰燼，不可能是由火爐起火的嗎？」

「火爐沒有爆炸，火爐外有燒炙痕跡，煙囪即使灰燼很多，頂多是讓煙無法排出而瀰漫到屋內，不會起火；反之，地板多處燒穿，看來火原在火爐外。」

「有沒有可能火爐的火星跳上屋頂起火，火苗掉進屋裡，燒穿地板

呢？」我的專家是這麼說的。

「地板有多處燒穿，那麼從屋頂掉下的火苗必須很多，整個屋頂大概都起火了吧？可是現場看來是由下往上燒，地板燒穿的範圍比屋頂燒壞的範圍大得多。」

「但是管理員說，只看到煙囪冒出火花。」

「煙囪的火直接由火爐出去，但是屋內的火，造成窗戶爆裂，整棟木屋起火。」

有點道理。

我看一眼我的客戶，他面目呆滯，低下頭。他沒有說謊的意圖、沒有縱火的理由……我翻開下一頁文件，開始提我的證人。她是我客戶的牧師，一位年輕美麗的女人，乾乾淨淨，給人誠實溫暖的感覺。

我讓她對她所知的客戶人格做介紹，舉例說明客戶不會說謊，不可能做出違法縱火之事。

檢察官沒對她提問。

我又提了失火當晚，客戶衝去鄰居家敲門求助時，開門的老太太。

「他看起來不像說謊，很緊急，要我幫忙打電話……」

第二天又結束了，還是沒結案，再排一天開庭日，還是一個月後。這次，我只剩下一張王牌，客戶本人。

客戶是保險業務，第三次開庭時，我讓他先說明因為進度落後，自

己當時已搬進木屋，所以保了房屋以及屋內財物險。當然自知保單尚未生效，並沒有意圖詐領保費，也就沒有縱火的理由，然後由檢察官問話。

「請說明你的銀行貸款狀況。」

「我……嗯……跟銀行借了三萬多，四萬塊吧？因為國家公園要求最後要連地基都清乾淨，嗯，我自己做不來，必須請工人……但是拆木屋的事，我自己來可以……嗯，省人工費……」這個客戶說話慢，支支吾吾，而且冗長，又喜歡繞彎回答問題，讓人覺得有說謊之嫌。我已經提醒他好多次，簡短簡短，他還是……唉！

「所以，你貸了差不多四萬塊？」

「對，還有兩萬多的balance（額度）。」

「你是說，你還欠銀行兩萬多？」法官問。

「我借了四萬沒用完，算起來是欠銀行不到兩萬，因為我還有兩萬多的balance。」

「有兩萬多的balance？」法官又問。

我想他們兩人間有點誤解！這位法官朋友，據我的經驗，對數字觀念不太行。「報告庭上，被告是說他的銀行額度還有兩萬多，不是他現在還欠銀行兩萬多，我想您誤會了！」

法官被我搶白一陣，全場靜默下來。

二十秒後，檢察官輕咳一聲，說：「我手上也有銀行的貸款單，問這個問題，只是想提出被告有還貸款的壓力，不管貸款額度還有多高，他總是得有財力才還得了。目前看來，因為拆除木屋的進度落後，貸款的利息日日增加，被告也許估算此舉無法獲利，想找個快速方法脫手……人總有做傻事的時候，但是傻事造成公共危險，就不能輕易藉口說是過失。」

　　這是檢察官的結語，我直視滿臉不爽的法官，說：「縱火罪很重，僅次於強暴殺人，我們實在無法僅依專家一人之見，推斷被告有罪。檢察官提不出人證，也沒有物證，既然認識被告多年的牧師，和當時的鄰居，都覺得被告的人格沒有犯罪跡象，**如此不充分證據的定罪，不是強調公正的司法應該做出的！**」

　　我開始後悔當時沒有要求有陪審團，當時客戶自承不擅言詞，也害怕面對大場面說話，但是現在，生死只在法官一人手上，看來並不樂觀。

　　幾年前有個案子，當庭的也是這位我以為還是朋友的法官，判我輸，我不服上訴，結果翻案成功，被特殊法庭改判勝訴，讓他大失面子！這次，我等著他再給我一次敗訴！

　　果然，我敗訴。檢察官建議判六年，我說：「不管被告是否故意縱火，就算是，他也領不到保險金，還會因此喪失保險業務的執照！跟

國家公園簽的約還是得繼續履行，入了獄以後，被告得額外找人清除火場，懲罰已經算很重了！我建議在家緩刑監視。」

法官看看檢察官，看看被告，還是沒看我，說：「判刑十個月！」

警衛帶走我的客戶，我跟著進了等候室，客戶一臉抱歉，說：「I did a bad thing！」（我做錯事了！）我詫異非常！問：「What? What did you just say?」

客戶馬上自責又說錯話了：「I mean, I did a bad job!」（我沒回答好問題！）

我拍拍他的肩。

兩個月後的律師聖誕茶會上，我還是拉下臉，找那位法官搭訕，請他考慮給我的客戶減刑，他很意外地一口答應。客戶一個月後出獄，改成在家監禁，可是因為丟了工作，除了預付給我的三千五以外，沒辦法再付我剩餘的三千元律師費。

祕書和其他兩位律師的薪水付不出來，我得跟銀行貸款週轉。

我自己還是沒領薪水，這陣子，兩位小律師也沒進帳，可是他們照樣支薪，大家都知道我沒領薪，也沒人願意自動降薪！所有人都看我這傻蛋在忙！就算我接的案子賺錢，分給大家以後，自己還剩多少？

今天如果地上掉了一百塊，我寧願不撿，因為撿起來還得跟大家分！

What a dog's life！

第三章、法理與官場

County Circuit Judge reprimanded for setting false date. As part of a negotiated settlement, a reprimand and a stipulation of facts were made public.

The Judge ordered a clerk to publish and post a docket sheet, even though he "knew that the case would not be heard by a jury and that no jurors were to be called in for the case." The commission ruled that the Judge's actions violated two Rules of Judicial Conduct related to "compliance with the law" and "promoting confidence in the judiciary."

The defendants' attorney said he was satisfied with the commission's action and considers the matter closed.

The Judge resigned as administrative judge "for the sole purpose of making sure that what I did in this case and in the other case that was under investigation never happens again⋯⋯"

12、幫郡府告市府

大家都有市政擴充的概念吧？人口越來越多，市區自然越劃越大，原本你買的房子屬於郡，明年忽然就被劃到市區裡了！然後每年就得多繳一些公共設施費，啞巴吃黃蓮，只能悶哎。這市府，通常要買房的人簽一種同意書Annexation，在此翻為《附加條款》

我的大學主修是經濟，生活上不合經濟效益的情況，總讓我無法忍受。表面上也許我隻字不提，讓祕書為所欲為，但是內心裡，各種腹案一直在腦裡盤旋，今天，我終於做出決定，必須先去銀行一趟。

　　跟老祕書交代完行蹤，正要出門，中祕書出來：「要去銀行喔？可不可以順便把這些單據帶去交？」

　　我苦笑，這像是祕書跟老闆的對話嗎？好，就算是最後一次吧！

　　公司目前還跟銀行有六十萬的借貸，看起來不錯了啦！從整頓、合併以後，七年還了六十萬美金！步出銀行，我知道，以後這些商人會再借錢給我的可能性一定降低，再見到我，形同陌路都有可能，我的決定？只許成功不許失敗！

　　四名祕書和兩名小律師，現在都坐在會議室裡，各各表情凝重，知道大事不妙，我深吸一口氣，重重吐出，說：

　　「公司撐不太下去，大家應該都看得出來，我知道，這是前人種下的因，跟你們沒有多大關係，你們沒有責任，但是可以確定的是，單靠我一個人絕對無法養活大家！所以，我決定退出，另外成立個人事務所⋯⋯」

　　我停下來，呷了一口水，會議室外，合夥事務所的祕書在門外探頭探腦。「從前的負債完全歸我，祕書？我只養得起兩個，願意跟我的跟我，願意留下跟其他兩位律師就留下⋯⋯。」

我歎口氣，看大家一個個張大嘴巴：「抱歉了，得要讓大家面對難題……」老黑人女祕書眼中閃著淚光，其實我只希望她會願意跟我。「妳們出去想想吧，下班前告訴我。」

才中午，老祕書、大祕書和小祕書一起進我的辦公室，要我考慮。

「也好，我也需要幫手搬公司，今天拆帳後，我繼續付妳們三人的薪水，一個月後再給妳們答覆，剛好也給妳們一些時間適應新公司或是另外找工作。」

像終於離婚成功一樣，我的心情無比輕鬆。雖然負債不減，可是我知道不必再牽制於人，不必再因為其他律師懶散的工作態度，而擔心公司的盈虧，一切生死就靠我自己一人！呵，從前讀書考試，我不是一向不相信小組分工做摘要嗎？

工作久了，關係就多，想為新公司找辦公室並不難。兩位覺得我還有利用價值的客戶，提供旗下的辦公室讓我選，並且自動降價，我選了一個位置遠離市區，屬於新興地段的商圈。其他律師都虧我：「想要遠離主流嗎？」

我笑笑，我想遠離所有人事，搬到海邊曬太陽！只是環境不允許，就像現在，上次的搬家工人把我嚇怕了！又拖拉又碰壞東西，這次只好自己來，當做運動。

新辦公室的家具呢？不好意思，另外一位看得起我的客戶，送了我

全套辦公家具，還附一塊他們公司的招牌，桃心木的長方牌子，新穎亮麗！當然囉，得把它擺在公司進門的小桌上。

　　花籃、客戶絡繹不絕來了一星期，那個跟了老律師一輩子的電話號碼，也跟我遷來，新舊業務銜接得一絲不紊，許久沒來的好運錯覺突然湧現，有可能嗎？今夕何夕？

　　果不期然，早上才到公司，銀行就來了電話。

　　「威廉斯先生，恭喜新公司成立，看來您最近很忙喔？銀行這裡也是業務量越來越大了！我是想，我們銀行需要找大律師事務所來承包，會比較有效率……這些年來，謝謝您的大力幫忙，今年合約到期後，抱歉，就不續約了……當然，有其他業務，我們還是會繼續請您為我們服務。」

　　我沒等他說完，就接口：「沒問題！祝你們日後業務持續蒸蒸日上！」以後別想再來找我！早料到這些商人是很勢利的！我按鈴找老祕書，結果進來的是大祕書。

　　「安妮還沒來，打電話家裡也沒人接。」

　　怎麼會這樣？這個老祕書年紀很大了，自己一個人住，是公司裡資歷最深、唯一受過傳統祕書訓練的祕書。工作效率高不說，決不會頂嘴、遲到或早退，我最需要的就是她，這樣沒請假不到的狀況從來沒發生過！

「妳們誰有空去她家看一下，不要出什麼事了！」唉，後悔說了最後這句話，突然讓我七上八下起來！

噩耗傳來，老祕書因為過胖，心臟病發死了。

我的新事務所丟案損兵，瞬間冷清下來。然後，老婆威脅要跟我劃清負債責任，提出離婚……我？不是個會受威脅的人，十八年的婚姻就此結束。

很像打落水狗。

賺錢是公司員工和老婆共同的榮耀，他們要求犧牲被認可；不賺錢卻是我的責任，是我一人的失敗？

橫豎我不是會縮在烏龜殼裡哀傷的人，我還年輕，四十歲，個人事務所這第一步，雖然成效不知，生死未卜，但是還是得咬牙開始下一個計畫。

話說幾年前，郡府（類似縣鎮府）的公設律師推薦我競選郡裡的水質委員會代表，當時忙，推辭沒去。現在，我翻出舊表格，上網重印新表格，填好寄出。沒多久，就收到正式聘任。

這種水質管理委員的職位屬於義工性質，負責監督郡市內有關水處理的行政，就是在民眾和官員間多一個監督的層級，避免縣市議員們謀取私利，也可以給議員一些專業建議。基本上，委員會每月開會一次，委員每次任期三年，資格不限，只要有興趣為地方做點事都可以申請，

但是名額有限，總共五到七名吧，通常是欲從政者豐富履歷的方式之一，真正能或要做點事的情況不多，這就是我前面所謂的下一個計畫。

我來之前，郡府和市府為了一個案子僵持已達三年，雙方都不讓步，工程就僵在那裡，兩邊的公設律師也不知道該怎麼辦，反正照常支薪，小老百姓根本無從知曉即將危害到自身的利益。

什麼案子呢？

大家都有市政擴充的概念吧？人口越來越多，市區自然越劃越大，原本你買的房子屬於郡，明年忽然就被劃到市區裡了！然後每年就得多繳一些公共設施費，啞巴吃黃蓮，只能悶哼。

這市府，通常要買房的人簽一種同意書Annexation，在此翻為《附加條款》吧，無條件同意市府徵地的要求，像是道路拓寬、公共設施需要擴建啦這類需求。市府會按市價徵收私人土地，住戶如果不同意，市府只能把價碼抬高。可是新住戶買房子的時候，不可能還跟市府打官司，不簽同意書；同樣地，市府要把你家劃進來，你也不能說不。

我們這個市府為了有表面上的民主，還加了一條住戶可以有投票權的優惠條款，可是有個但書：不同意的話，市府可以斷水，因為通常郡的公共設施不多，沒有自來水管，住在離市區近的住戶，都得跟市區接管用水。現在讓你投票，不想被劃入市區，就不給你水，你會投反對票嗎？根本就是擺明了欺負小老百姓。

那郡呢？郡變得越來越小，平白失去許多納稅人的稅金，不會有意見嗎？當然有，於是當市府擴充，沒有空地排掉廢水的時候，就想到隔壁的郡府了！

兩邊溝通以後，擬了一份草書，郡府同意市府將廢水排到郡郊，由郡收取住戶繳的廢水處理費；但是郡得花錢興建廢水管。市府不僅省下興建廢水管的工程，或是得彎曲繞道的不便，也省得花腦筋找地。

好，當郡開始動工興建管道後，市府卻遲遲不簽正式合約，打算箝制已經動工的郡府，同意更多讓市府擴張的計畫。

這種事屬於官方糾紛，雙方的公設律師很難插手，每次水質委員會開會，就被拿出來怨嘆一番。

我拿著草書細細端詳，看到一個破綻！這是一份雖然沒有法律效力，但，是經過雙方，郡市議員簽名核准的草案！市府無法現在漠視，而來出爾反爾！也許百姓不知個中蹊蹺，一旦，嗯，被我光明正大告市府，到時招來報章媒體注目，這市府的面子就不太好看了！

還沒到開庭日，市府的公設律師全數棄械投降，市議員乖乖簽合約，讓懸宕了三年的廢水管接通。

我的名字？當然榮登地方報頭條，開工典禮那天，我也受邀。頭戴安全盔，手拿金鏟跟其他政要拍了張破土照。我因此幫市府省了大筆廢水處理工程費，幫郡府已開工的廢水道每年賺進大筆收入，然後呢？

對我又愛又恨的市府還選我為當月最佳市民，送了一張獎狀掛在辦公室裡；那條廢水道從此被郡內官員戲稱做「威廉斯管線」，聖誕節時送了我一個鍍金的小掛飾；然後啊，那個水質委員會推我為副主席，送了我一台最新的手提電腦！我又開始覺得人生充滿希望！

幾個月後，吃了甜頭的郡府，又要我和市府打土地官司，反對市府永無止境的擴充，我礙於並非土地專業，沒有接手，建議他們找巴爾的摩大事務所。

大事務所打了幾個月官司，法官意思意思劃了幾塊不毛之地不讓市府擴充，但是核准了正在發的地段給市府，郡算起來還是輸了，還得付大事務所十八萬美金律師費。

其實，當時我給了一些建議，現在想來也不是不可行。我找到完全符合案件的案例，一名住戶拒簽附加條款，如果提出告訴就有實際官司，不再只是郡市之間的土地政策糾紛。可是大律師表面對我笑笑，誇我找到很重要的翻案理由，最後卻一點動作都沒，我不知道他們的考量在哪裡？非常遺憾平白讓郡花了大錢！

不過，我倒是得到一個重要啟示：**千萬別小看自己，凡事只要試都有成功的可能**。我也知道，雞蛋不能全放同一只籃子，要讓事務所不倒，得接各種型態的案件。

資本雄厚的老客戶都是靠房地產起家，這年頭，發起來的，絕對跟

房地產扯上邊。老客戶剛開始要我接過戶案時，我嗤之以鼻！開玩笑，這種不用上法庭辯論的無聊差事，是一個真正的律師做的嗎？我總是裝模作樣說不懂，然後轉手他人，現在，我打算告訴客戶，把過戶案都給我吧，我就是專家！

而我的事業，自然也不能只有事務所，能轉型當法官一直在我的生涯規劃內。幾個月後，我遞出法官申請，順利通過委員會投票，獲得跟州長面試的機會，當然啦，共和黨州長怎麼會選一個民主黨員當法官呢？我沒被選上雖然在意料之內，但是這次免費幫政府機構打官司，應該會讓以後面試的成功率增加吧？

13、院子裡的長城

我的客戶是屋主，他家由穀倉改建，那種
長方形挑高、有好幾扇窗子的倉庫，旁邊
還連著圓柱形叫silo的大穀倉。他把圓柱
頂加個天窗，完全沒有窗戶的圓柱內，
則裝上蠟燭形燈泡蜿蜒而上，讓客人一進
門，只能「哇！」一聲，張口驚嘆！

說起來很奇怪，景氣好的時候，就是律師業最蕭條的時期。原因很簡單，大家口袋滿滿，火氣自然小，許多衝突笑笑就算了，沒人要找律師。景氣不好的時候，百姓錙銖必較，官司就多。

那個魔頭法官，大家還記得嗎？那個讓我被叫P法則的整人法官，時常酒醉駕車，雖然沒出過事，但是進出戒酒所無數……注意到了嗎？居然都沒撼動到法官的地位！他的女友吸毒被抓，判在家服藥勒戒，魔頭法官卻要女友不必吃藥，結果女友再次吸毒被抓，洩漏出和魔頭法官的關係。景氣不好，誰的運氣都背，這個魔頭法官趕快自動辭職，保住律師執照，現在回頭當律師了！哈哈，**人間果然還是有正義！**

我呢？拿到一個案子，對手律師就是他！報仇的機會正要開始。

案子其實很無聊，是跟房地產有關的合約糾紛。屋主拒付圍牆包商餘款，並且要告包商未依原意建造，而且屢次無理加價。

我的客戶是屋主，是我每次有建築方面案子的專家朋友，他家由穀倉改建，那種長方形挑高、有好幾扇窗子的倉庫，旁邊還連著圓柱形叫silo的大穀倉。他把圓柱頂加個天窗，完全沒有窗戶的圓柱內，則裝上蠟燭形燈泡蜿蜒而上，讓客人一進門，只能「哇！」一聲，張口驚嘆！

在我還仰頭迷失在圓柱形的燈光和天窗折射下的溫暖陽光時，建築師客戶領我到一百八十度、三十呎長的圓弧外凸形落地窗前，看他的，圍牆，或者應該說是「長城」吧！我突然有種「這些人的錢是從哪來

的」疑惑？

　　房子因為在山坡上，所以客戶在屋後蓋了一道擋土牆防止土石流失。擋土牆先挖地塹，再用細砂石墊底，然後以天然石塊交互堆砌六呎，石塊的另一邊正好擋住呈下坡走勢的地形，L形的擋土牆交界處，是個有屋頂的瞭望台，可以從牆邊的階梯上去鳥瞰山下的景緻，也可以在長達三百呎的圍牆上漫步……我轉頭對我的有錢客戶說：「你在自己後院蓋了座長城啊！」

　　即使和圍牆包商有糾紛，這位客戶當時也已簽約付了三萬美金預付款，材料費另外由客戶自己出，最後願意付的完工費高達五萬美金！我的整棟房子才值三十萬，十五年前上任屋主買的時候才付十七萬，客戶光圍牆就願意花五萬！這個按小時計費的案子，我再怎麼灌水也就收他幾千塊，然後回去住自己的破房子？

　　唉，發洩完後，還是得繼續幫人辦事。

　　那座「長城」，哈，用刁酸字眼心裡會比較舒服！那座長城，客戶大概也想省錢吧，自己找出房契，把和鄰居的界線用小紅旗插好，所有石塊、砂石、泥土材料都跟相熟的材料商買齊，包商只要負責蓋就好。可是，還沒完工，就挨鄰居告侵占土地，原來，粗心的包商沒注意到紅旗，挖土機輾過小旗，蓋出了界線！包商開出的完工總價是十九萬！哈哈，比我那破屋當初的買價還高！

十九萬不是空話，密密麻麻記錄所有項目的支出：租用機器費幾小時，每小時多少錢，總共十多種機器……挖土機、倒砂石機、堆石機……沒錯，那長城是堆起來的，完全不用水泥鞏固！接縫靠的是每塊重達七十磅的石塊重量，以及石塊間的凹凸設計，層層疊上去，背面靠土坡支撐。機器總共操作一百二十小時，每小時出租費兩百元，光這項支出就達兩萬四。

我笑說：「早知道有這項差事，我跟兩個兒子來幫你放石塊，算你便宜一點，兩萬就好！」

其他搶錢名目依此類推，那個挖土機，據《R. S. Means Guide》，這本建築聖經描述，每一鏟可以挖三十立方呎，挖一百多小時，會有至少三千立方呎的大洞，可以擺下兩倍長城了！

然後，堆砂石機每小時倒三十立方呎的砂石，操作一百多小時，砂石比較鬆，體積更大……「不對啊，挖得不夠深吧？還有，那些石塊也要堆耶！我看可以堆上月球了！」我在電話裡極盡挖苦那個被貶為律師的魔頭法官。

幾天後，魔頭法官提出和解，他的客戶降價到十一萬。

「No。」我的回答很短。

再過幾天，又說八萬。

「No。」

然後六萬。

「No。」我還是那個字。

「五萬五，最後一次了！」

「No。」

聽到對方掛電話的聲音，讓我過足報仇的癮！風水輪流轉，終於轉到讓你來求我了，而且還讓你被客戶罵！

結果當然還是我贏，我的客戶一毛錢也不用多付，就是五萬！

那有錢的建築師朋友高興地請我吃飯，大概覺得我的收費過低，聖誕節的時候，還寄了一隻滿天星勞力士錶送我。改做有錢人的案子，幫他們變得更有錢，和從前那種為貧民百姓求正義的案子，完全不同。

建築師朋友提議：「你來我們公司當專任律師吧，決不虧待你，給你抽成的比例隨你開！」聽起來不錯，不用再為公司盈虧傷神，朝九晚五沒有壓力……可是眼前鏡子裡，出現一隻戴勞力士錶的哈巴狗……

「再看看吧！」我說。

雖然大風大浪很勞心力，也許我天生就喜歡勞碌吧，一眼就能看完的生活，對我太沒吸引力啦！

14、槌上法官

辦公室內掛著一幅艾菲爾鐵塔從無到有的
興建海報，右側那幅則是一輛火車從大樓
衝出……兩幅畫的黑白世界讓我的腦筋鬆
懈下來，好像咚咚咚有人拿著小木槌敲
著……嘿！Admin是誰？這入帳人怎麼有
不同代號呢？很像……

韋恩法官沒上任前，其實算是我的熟識，中午常約出來吃飯打彈子、下班去酒吧喝點酒、聊些最近在讀的書，有興趣還彼此互借。他年紀長我幾歲，剛好有缺就頂上法官肥差。怪的是，韋恩當上法官後，漸漸地跟我疏遠。一開始我想，得避嫌吧！否則辦起案來會有倫理道德商榷。但是，遇上電話裡要談公事，比如排出庭日，習慣上我總會問候一下，他卻冷漠不答，直切正題。

　　難道對以往交情引以為恥嗎？還是人家身分不同了嘛，懶得花時間跟你閒聊？

　　更怪的是，所有我提異議的抗告，只要是他經手，全數被駁回。近年，他成了最資深的法官，升上行政法官，負責排法官聽訊日程，每次就把我的案排給他自己，有陪審團還好，沒陪審團只靠他一人裁決的案子，穩輸！

　　我也不是省油的燈，判我輸我就上訴，結果還翻案成功，被特殊法庭改為勝訴！自此，我倆完全刻意避開，他也成了標準split the baby的法官，不管雙方律師如何唱作俱佳，永遠平手，免去被翻案的危險，可是也讓人懷疑上法庭何用？

　　只是，這麼多年來，我也老了，不再像年輕時只求正義不計代價，現在我看重的是損益平衡，**如果客戶退一步可以讓案子早點解決，少付點官司費，省下精神損耗，其實比較有經濟效率，人生也能快活點吧？**

所以，近年接的案子，幾乎都在庭外和解，很少上法庭了。

這案是樁「偷竊重罪案」（Felony Theft），我的客戶被告偷竊公司現金長達兩年，公司懷疑她時警告過一次，後來又發生，就被請進警局，要求賠償失款。原本這種案子只需上地方法庭，可是州律師覺得汙了一萬美金罪責嚴重，便往上移到巡迴法庭，連帶有坐牢之虞。公司手上握有客戶輪班打卡，登入帳戶的電腦證據，罪狀鮮明，有可能無辜嗎？

其實，律師的責任不在認定對錯，是在確定司法是否公正？是否給予人民公平對待？程序是否合法？即使犯人有罪，也必須按部就班判刑，不能受法官情緒左右；發現法律不公或有漏洞，得回頭重定法條，如此才能讓司法體系更完整，以防人為偏差。

警察給我看了客戶在警局的錄影，她很鎮定，絕口不認罪，而且要求請律師，不像傻到會被栽贓的樣子；可是也沒有無辜新手突然被請進警局的慌亂。若有罪，我能讓她減刑也好；若無罪，會願意接受輸案可能的刑罰嗎？

「律師，請你無論如何一定要幫她脫罪，收費我負擔。」客戶很年輕，她母親倒是比較緊張。

我一邊翻閱警察提供的資料，一邊問：「先跟我解釋一下妳的工作內容。」

「每天我一早上班就要把收帳小姐收來的款項輸入電腦，我會先把現金都抽出來放抽屜，再輸入信用卡收據、支票、現金帳款。」

「會先排序嗎？比方按收據號碼？」

「就是歸類而已，按付帳方式。」

「最後會對帳看是否吻合嗎？」

「沒有啊，要跟什麼對啊？」

「收據號碼啊。」

「不是每項款子都有收據，只有現金才開收據。」

「那妳會對現金收據嗎？」

「不會，前面教我的小姐沒要我對。」

我無言，做事懶散，出事時誰來救妳啊？「妳被警告過一次，難道沒想過要對一下嗎？」

她聳肩，「律師，拜託幫幫忙。」老母親接腔了。

「我先看完資料，再約下次會面時間。」

資料很多，全是電腦列印出來的進帳報表，一大疊約一呎高吧！時間、金額、付款人、付款方式；信用卡有收銀機自動產生的收據、支票的話會有票據影本、現金則有手寫收據和現金用迴紋針夾著。客戶說，會先把現金抽出，所以迴紋針就拔掉了，輸入順序就全是現金開始的吧？

可是每天進帳報表卻非如此，非常紊亂，不像客戶說有歸類。老闆也沒天天查帳，而是等到月底再查，總是短少一些，遺失現金的收據也一併失蹤！數目都不大，十元二十元，只不過，加一加也有上萬了！

這些電腦報表縮寫繁多，看得我眼花撩亂，唉，該換眼鏡了嗎？我從鏡框上方看出去，辦公室內掛著一幅艾菲爾鐵塔從無到有的興建海報，右側那幅則是一輛火車從大樓衝出……兩幅畫的黑白世界讓我的腦筋鬆懈下來，好像咚咚咚有人拿著小木槌敲著……嘿！Admin是誰？這入帳人怎麼有不同代號呢？很像……是「老闆」administrator的意思吧？

慢點，在我客戶還沒接手前，帳目就不合了啊！就開始有短少現象！還有一些入帳時間在半夜，甚至不是我客戶輪值時也有現金失竊！難道是不只一人偷款？或是另有他人嗎？我馬上打電話給客戶。

「老闆也能登入啊，我們有三個老闆，只是我不知道他們的代號。」

「公司除了老闆，還有誰會經手現金？」

「我請假的話，以前教我的小姐會代班。」

「輸入收款之後，誰保管這些收據？現金都交給誰？」

「下班前交給老闆放保險箱。」

我擬妥腹案，跟三位老闆約好時間面談。

這家公司是精神病患診所，大樓有些舊，裡面暗色原木的裝潢和兩位白髮老太太的白襯衫很搭，慈祥和藹的面容，讓人以為等一下就有餅乾吃了！我被請進一間辦公室，角落有另一位老太太，祕書之類吧。

　　「你好，大老闆不管事，平常不來辦公室。」

　　「請大致介紹一下工作流程。」

　　「佩姬來兩年多了，做事效率不錯，很快上手，主掌所有帳目資料。剛開始還好，後來漸漸月底查帳都有短缺，可是客戶資料又說付過帳，小錢我們也就沖掉，後來越來越頻繁，問了佩姬也沒答案，有時呢，又沒問題。瑪莉說，佩姬男友沒工作了，佩姬常去銀行匯現金給他……」

　　「等等，瑪莉是誰？」

　　「瑪莉是交接工作給佩姬的小姐，她說常看佩姬手上拿現金，中午出去匯錢，我們才開始查報表，發現佩姬會在晚上輪班登入系統，你看，這幾筆現金是我警告她以後補進去的，收錢和登入時間不符，而且在晚上，不是一大早。」

　　「我正好有個問題，Admin是誰？入帳人怎麼會有其他人？」

　　「瑪莉代班就用那帳號。」

　　「半夜有人上班嗎？這裡怎麼有半夜登入記錄？」

　　老太太們互看一眼，沒人答話，來自角落輕輕地打字聲登登登停

了……打字？

「請問她在這做什麼？筆錄嗎？沒經過我允許！」打字聲又開始登登登……

「我，我們是覺得已經進入法律程序，一切要有證據……」

「一切要有法律程序，應該先經過我允許，她打了什麼也要經過我查證，否則又非來自法院認可的筆錄人，沒有公信力，不被視為正式證據。」

「抱歉，蘇珊，妳先出去。」打字祕書出去了。

「妳們還沒回答我的問題，怎麼有半夜用Admin的登入記錄？」

「我們查帳時，會登入看帳。」

「可是公司當時並沒有妳們的進入記錄啊？」

兩人相視無語。

「所以妳們是從家裡進入公司系統的囉？其他人有這樣的權限嗎？」

「沒有。」

「有些失款雖然在佩姬當班時，但公司內瑪莉和妳們都可以進入系統，而且佩姬說自己的密碼就存在電腦裡……」

「你的意思是，我們做老闆的會自己偷錢嗎？」

「我沒這麼說，我只是點明公司老闆不只一人，彼此之間有無心結

沒人知道；有辦法進入系統的人也不只佩姬，她輸入完資料就把現金放抽屜，下班前才交給妳們，中間多少人可能路過？公司作帳流程太多漏洞，指責佩姬一人有待商榷。另外，失款情形在佩姬接手前就發生過，這又怎麼解釋？喔，我還發現有些以為遺失的款項，其實是輸入時重複，我只看了前幾頁報表，就發現五筆。」

辦公室沒了剛剛的打字聲，突然變得很安靜，這精神病診所，好像沒想像中吵雜啊！

「兩位能提供佩姬接手前的單據收據，以便跟我手上的進帳報表核對嗎？」

「那些收據鎖在保險箱裡，跟保管公司拿鑰匙得要一些時間。」

「沒關係，出庭前幾天給我就行，謝謝兩位今天的合作。」我走出門，感覺背脊一陣涼意！我如果哪天被暗殺，一點也不奇怪！唉，難怪莎士比亞會說「Let's kill all the lawyers！」被人懷恨在心，我也不想啊，更何況，誰才是無辜者啊？我只是提出合理的懷疑而已。

出庭前一週，州律師打電話來，我順口詢問兩位老闆答應給的收據資料。

「嗯，這我還沒有，我跟原告談過，她們只是想追回失款，刑事訴訟方面的『重罪』（felony）起訴，可以再商量。」

「每筆失款金額都很小，不到一千美金，應該可以改成「輕罪」

（misdemeanor）吧？我客戶因為工作大意，不夠謹慎，自己自知有所疏失，願意每月賠五百，分兩年賠清，希望可以不必坐牢，別留下汙點，以後還能再找到工作。」

「這應該就是原告想要的，可以撤銷民事訴訟，我先問問再給你答覆。」

開庭前，通常有個「庭前會議」（pretrial conference），我們跟庭前會議法官提出雙方願意和解的商議，取消開庭日。

不料，開庭前一天，排日期的行政法官韋恩突然說，我剛收到消息，對方又不願和解了，明天開庭繼續！

「庭前會議法官已經做了和解記錄，開庭日也已取消，於法，原告不得隨意變更協議。程序上，我可以提出『抗告』（motion），要求強制履行。」

「不行，陪審團都已經通知了！」

我愕然！「開庭取消一陣子了，怎麼可能臨時有陪審團？」

「我說了，開庭繼續，明天我會在法庭等你！」

眼前，撞進大樓的火車在我耳邊傳出巨響！我打電話給庭前會議法官。

「我也搞不懂韋恩法官在做什麼？你還是出庭吧！」

「為什麼這麼快能有陪審團？原告今天才反悔的啊！」

「不可能有陪審團吧，我去跟祕書問一下……抱歉，威廉斯，我不知道怎麼回事？祕書說是韋恩法官要她謊稱有陪審團，堅持開庭。」

「好，我明天會出庭。」

整件事明顯是韋恩法官在整我！要我臨時通知客戶準備出庭，行事曆上排好的其他案子和面談都得取消，沒有陪審團卻謊稱有陪審團，到時再親自判我輸嗎？

隔天，庭上居然是庭前會議法官！

「韋恩法官臨時決定由我代理，案子還是和解嗎？」

州律師一臉無奈：「原告今天又願意和解了。」

「所以今天並沒有陪審團？原本程序上可以由我提抗告來強制和解，卻謊做記錄要雙方出庭？這件事，我會提出抗議，可以請法官您出證嗎？」

「……」庭前會議法官支吾：「可以。」

州司法委員會審理我的抗議案後，打電話詢問細節，並透露韋恩法官還有另外三項抱怨正被徹查，委員會已經調查過我的公信力，接下來，韋恩法官得去備詢……這是半年多前的事了。十一月，委員會通知我，韋恩法官將會親自寫公開道歉信；並且，礙於循仇，以後我的所有案件將不會經過韋恩法官，問我對此決議滿意否？我當然滿意！

地方報刊出前，記者採訪問：

「對於韋恩法官被告讓司法失去公信力，以及沒遵循法規而請辭行政法官的職位，請問有何看法？」

　　我一方面訝異他居然請辭行政法官，退居巡迴法官；另一方面當然回答，「我完全尊重委員會的決定，此事就到此為止吧！」

　　永遠得相信：這社會還是有正義，但是重點是，你必須自己去爭取！

15、我居然成了被告！

托管的理賠金就在事務所帳戶內，如果法官認為有必要，可以轉進法院戶頭，我並無侵占之嫌，告我擅自托管實非必要，我因此提動議請法院撤銷告訴，並對被告醫師此種無謂官司之舉提出索賠。這種建議客戶做無謂之爭來賺取律師費的律師實在很可恥，運動員得有運動家精神，律師告律師？算哪門子玩法？

「請介紹一下資歷。」

「嗯⋯⋯我開刀三十幾年了，也在大學兼課，多少年記不得了。」

「都在這個郡嗎？」

「對⋯⋯哈啾！」醫生別過頭，打完噴嚏後開始咳嗽⋯⋯「抱歉！」抓起兩三張面紙擤鼻涕，聳聳鼻頭，兩眼無神，「呼！」了一聲。

「我們先確認一下資料：二〇〇七年五月八日脊椎手術總共六萬八美金，裡面有十個項目；十月二十日手術三項，共三萬四美金；十二月一項手術，一萬美金。」

「哈！我沒數過幾個小項⋯⋯一、二、三⋯⋯」醫生翻閱面前手術報表，「沒錯，十項、三項和一項。」

「請說明對這些價格的看法。」

「嗯⋯⋯」鏡頭前的醫生摘下老花眼鏡，兩手揉揉眼睛，看看坐在右邊的我⋯⋯這位被我請來當專家證人的醫生比我大上幾歲，看起來當法庭專家的經驗豐富，每次回答問題前都會轉頭瞪大眼看我！剛開始讓我覺得很不自在，花錢請你當專家，就應該是老手，過程也許對你來說太枯燥，可是看在一千美金的份上，對我的態度也恭敬一點嘛！更何況，為了幫客戶省車馬費，是我一大早親自開車到你辦公室，你完全沒有旅途勞累耶！

醫生坐直，深吸一口氣，「這第一次手術我頂多收兩萬五，第二次

頂多五千，第三次兩千。因為每次手術的小項目是一次完成的，比方開完刀不用縫起來，可以繼續開下一部分；助理醫生或護士也不用重新做例行檢查，所以收費應該以單次大手術計算，不是按許多小手術來算。第二小項可以收全價百分之五十，第三小項收百分之二十……每位醫生雖然標準不太一樣，但大意相同。」

「在此我要加一份附件《Exhibit 7》，這是史密斯醫師，在第一次手術裡的開刀記錄，他當時是主刀醫師強生的助手……」我同樣遞給原告史密斯醫師的律師一份，「請看第一頁第二段『史密斯醫師在此步驟是助手醫師……』，第三、第四段的第三和第四小項手術也有同樣敘述……請問，這是什麼意思？」

「喔！史密斯醫師並非全部手術的主刀醫師！這三項小手術他反過來是助手！」醫生重新戴上眼鏡，「所以那幾項小手術如果是助手，不是主刀醫師，計費又不同了！我寫專家意見時倒是沒注意……」

「助理醫師可以收多少呢？」

「頂多半價，也許更少，百分之二十吧。」

「謝謝您的回答。」我結束對專家證人醫生的筆錄，旁邊原告醫師的律師，臉變得一片慘白，換他上場！

「我，」他也咳了一聲，「想先請醫生過目一下，上次筆錄時提到的醫師收費標準寶典，這本書第一頁提到這本書受廣泛醫師公認為公正

收費指南，我念給你聽⋯⋯」

「Objection！」我抗議！哪本書不會誇張宣傳自己多好啊？

「欸，我沒聽過那本書，這樣在市面上賣的所謂『寶典』太多了，純粹是商人戲碼。不過，上次筆錄後，我倒是買了一本查看價錢，前面提到不能對小項收全費，這本書也有提到。即使按你這本書計算，扣除小項折扣和地區物價，還沒算剛才發現的助手醫師，頂多也只能收五萬五。我另外還問了其他兩位同行的收費，他們的價錢跟我差不多，三萬五，十一萬二太離譜了！」

「本郡有兩百多位脊椎手術醫師，包括你和你問過的同行，只算其中三位的意見，跟這本書內美國各地上萬醫師的報價，客觀性差很多。」

「剛剛不就說了嗎？史密斯醫師也並沒完全照那本書收費啊，書上提到不同城市必須乘上不同比例，小項也須折扣計費，我算過，頂多收五萬五，還沒算是助手醫師的部分！而且，聯邦醫療局Medicare也有價目表⋯⋯」

「請問你算過Medicare的收費標準嗎？請問你自己的收費就符合Medicare的標準嗎？」

「不瞞你說，」專家醫師微笑，彷彿正在等這問題：「上次筆錄後，基於好奇，我確實算了Medicare對史密斯醫師三次手術的計費標

準……那數字？你不會想知道！」

「抱歉，我要收回這個問題！」哈，太晚了，這原告律師真扯！史密斯醫師大概要炒他魷魚了！

「一般來說，醫生收費都以Medicare公認準則為主，比Medicare高兩倍或三倍，我的數字是這樣來的，總共收三萬二，您醫師收了十一萬二！多了九倍十倍！更何況，他不完全是主刀醫師。」

「這是病人簽名同意付費的合約，你也會要求病人簽這種合約吧？曾經有病人拒付嗎？」

「三十多年來，從來沒有病人懷疑過我的收費，也都會依約付費。」

「保險公司和解中說，和解費用包括百分之百醫療費，也就是說，保險公司的理賠包括百分之百的醫師費，對嗎？」

「Objection！」這問題應該問保險公司！不在專家證人範圍！

醫生抬眼從眼鏡上方瞪我……喔，原來是因為習慣戴老花眼鏡，瞪大眼只是在看我！「這我不懂。」

「謝謝，我沒有其他問題。」原告律師結束問話。

「以上是針對史密斯醫師提告病患史東太太未付醫療費，被告專家證人醫師的錄影，錄影到此結束。」法院認可的錄影人按下停止開關。

這是準備在法庭上放給法官看的我方專家證人錄影帶，大約一小

時，得付醫師一千美金。如果讓專家醫師開庭當天開三小時車來回，加上坐在法庭內沒事做不知多少小時等待傳訊的時間，前兩小時一千，後面每小時五百，分秒都是錢！客戶當然選擇錄影。原告醫師請的專家醫師下星期錄影，為的也是省錢。這次是我的專家證人，所以錄完影，影帶由我保存；對方律師想要複本得跟法院申請，費用一千美金！上法庭果真勞民傷財啊！

所以錢都被律師賺走了嗎？不完全是，因為這官司我沒收錢喔！只是因為看不慣史密斯醫師荒唐收費，免費幫客戶打的，客戶是大人物嗎？客戶跟我有交情嗎？沒有，那我做好事是幹嘛？

史東太太因為車禍，肇事人隸屬公司行號，因公出事，有一百萬美金的投保，照理說，保險公司就得賠一百萬美金，但實際上，保險公司都會討價還價，比方要一次付清還是按月給終身，這中間扯上物價和利息，當然數字就不同，而且對傷殘認定也會有爭議，比方也許客戶很早就有背痛問題，意外發生後，讓問題更嚴重，龐大治療費等於治好兩個問題，所以客戶受惠較多，就不該要保險公司理賠全部，保險公司當然也不會理賠非因此意外產生的傷殘費用。

但是，也可能同意保險公司只做部分理賠後，客戶卻發現病痛沒解決，必須繼續治療，可是已經答應保險公司的理賠金，不能再次申請理賠，客戶反而虧了。

所以，律師的責任就是綜合醫師和客戶的傷殘資料，找出平衡點，讓保險公司盡量多賠一些，客戶扣除給醫師和律師的費用後，能有滿意補償。也就是說，如果醫師和律師願意少賺點，客戶最後拿到的理賠金總數相對較高，和保險公司的協議自然比較容易達成。我於是降低自己的收費，從公定價三分之一減到百分之二十，然後打電話給史密斯醫師。

　　「別擔心，這是很平常的程序，我們醫師通常都會同意給折扣，你儘管先跟保險公司協商吧！」這答案完全在我意料中！在我近三十年的經驗裡，每位醫師都會同意給折扣，我不疑有他，順利跟保險公司和解成功，讓客戶拿到六十四萬美金的理賠。

　　問題來了，醫師最後並沒給折扣金額，反而堅持全額收費。

　　「抱歉，我們醫師不願降價。」

　　「之前不是已經同意了嗎？我必須跟醫師談！」

　　「他去度假了。」

　　客戶急著拿錢，我因此先扣除醫師的要價，放在律師事務所的托管帳戶中，再扣除我的收費，跟客戶結清餘額，然後等著史密斯醫師來提告。反正萬一敗訴，按法律程序，醫師也要等個一年半載才能拿到全額醫療費；能勝訴的話，客戶就可以少付醫師一些，多點理賠金進帳。醫師告我的律師費呢？我完全不收，對客戶來說一點損失都沒有。

收到被告函後，我們當然也給了和解數字，四萬美金。

BCBS是個醫療保險組織，參加此醫療網的醫師，必須同意此醫療網內的收費標準，保此險的客戶才不用擔心醫師漫天的開價。民眾因為BCBS的信譽，承保率大增，醫師為了有穩定客源，加入醫療網的意願也高。我的客戶就是保BCBS，史密斯醫師原本也在醫療網內，讓人不齒的是，當我的客戶正在做治療期間，史密斯醫師突然從BCBS醫療網中退出。

客戶在病房中，醫療帳單寄至家裡，等治療結束，找我當理賠律師後，才發現史密斯醫師龐大的收費完全不受醫療網限制了，BCBS最後只付兩萬三美金，後面八萬九得由客戶完全負擔！另一位在第一次手術中，擔任部分主刀的醫師，還在醫療網內，開價六萬，拿到BCBS付的一萬美金後，對不被醫療網承認的部分，完全自行銷帳，沒跟客戶另外收費。

願意再給史密斯醫師四萬，對他來說已經太優渥，否則不到三天的手術就能賺十一萬，而且還趁病人在治療中退出醫療網，難道不算趁人之危嗎？

史密斯醫師對我客戶提告拒付醫療費後六個月，也對我提告，告我擅自托管欠款，並且因為如今也捲入被告，就算是此案當事人，不該又擔任被告客戶的律師，被告必須另請律師，用意是讓我客戶因為得多花

錢請律師而打退堂鼓，原告律師當然是猜到我也許沒收費，想把我踢出去。

　　我的答辯是，托管的理賠金就在事務所帳戶內，如果法官認為有必要，可以轉進法院戶頭，我並無侵占之嫌，告我擅自托管實非必要，我因此提動議請法院撤銷告訴，並對被告醫師此種無謂官司之舉提出索賠。這種建議客戶做無謂之爭來賺取律師費的律師實在很可恥，運動員得有運動家精神，律師告律師？算哪門子玩法？

　　巡迴法庭最後當然接受我的動議，撤銷對我的告訴，還給了我索賠權利，不過，客戶卻被這一年多來疲勞法律程序嚇到！

　　「已經付給專家證人醫師快三千美金、法院錄影一千，要是輸了，這些錢也拿不回來……」

　　「放心吧，絕不會輸的，原告醫師的律師今天才打電話說降價到八萬，可見他們有和解意願，耐心點，我們可以要他再多降一些。」

　　果然，在證人專家醫師錄影中提到，史密斯醫師並無完全依他自己提供的所謂「寶典」計費，也並非完全主刀醫師後，原告願意再降三萬，最後以五萬和解。原本，我還想勸客戶跟醫師公會檢舉史密斯醫師收費不實，反告他一筆！只是，要我再做這樣的免費訴訟也很傷神，終究罷了，客戶已經因此少給六萬美金。

　　社會上當然永遠有許多不公之處，但個人還是得量力而為，我不是

超人，不可能幫人伸張所有的正義，這是我必須時時刻刻提醒自己的
事實。

尾聲

Try not to worry too much. No matter what happens with everything we still have to live through each day. I know I have bad days too, but I'm trying as hard as I can not to just give up on everything, and you have to too. We have had some good luck. Many people with my condition would be dead by now. I love you very much. Don't ever think you bring me bad luck. Whenever I do go I will remember the time with you, even if we were broke, as the best time. Most people go through their whole life and never meet the right person. I had good luck. I love you very much.

——Scott L. Schubel, 06/29/12 at 9:34 AM

故事似乎還沒結束？是的，因為他，沒能戰勝纏身六年的癌症，於2016年四月辭世，走前兩天，仍埋首於鑽研一生的文字戰場。

　　是的，小說裡的主角，是我先生，Scott，凱德。

　　是的，相識的十六年中，我總覺得像是生活在童話故事裡，不只一次告訴過他：「我怎麼老覺得好不真實喔，好像在夢中！」我枕在他胸前，沿著他的鼻樑畫著他俊美的側臉，心底突然浮現深怕失去他的恐懼！

　　「你知道嗎？台灣有個很有名的女作家，留學西班牙，然後認識她先生，就在你唸的馬德里大學耶！可是後來他先生出意外……」我突然停頓，不知怎地，聲音開始哽咽：「最後一面，是他先生低下頭，透過飛機機翼跟她揮手道別……」勉強說完我就後悔了！怎麼會在人生最快樂的時光說這種故事呢？

　　十三年前，我們買了共有的第一棟房子，後院是一片在美國東北很罕見的竹林，走進竹林旁隱藏在淺紫龍舌蘭間的墨綠花磚，像跳房子似地，我踩著一個個不同花樣的圓形綠磚，一、二、三……恍然發現一大叢粉紅小花！狀似心型的花瓣在尖端裂開，懸滴著乳白花蕊，小巧的花成串開著，美得讓人窒息！

　　「這叫 Bleeding hearts，妳看，心形的。」他蹲下，用食指挑高小巧的花。

「真的耶，好浪漫的名字啊！」四月，花開時節，可是我的他，卻躺在燈光全開的急診室，聽著主治醫師說出世間最無情的宣判。

　　任由淚水如注，我使勁搖頭：「不行，請你救救他！」而他，只是握著我的手，叫著我的小名說不……

　　「可是我還沒準備好啊！我們都沒準備啊！」

　　英挺的鼻尖因為氧氣導管摩擦，漸漸滲出血滴，呼吸急促的他像要窒息！護士於是換上罩著全臉的氧氣罩，他馬上伸手要拿開：「我沒辦法呼吸！」

　　護士換上只罩住口鼻式的氧氣罩。

　　「Help me sit up, please.」

　　我搖高病床，坐在床緣，幫他拉好鬆垮病袍、移開散亂不勘的各種管子、讓他往前傾、靠著我、在後背墊了兩個枕頭，他漸漸平靜下來，「好點了嗎？」我在他耳邊問，他點點頭，我攤在他的胸前。

　　「請妳必須尊重他的決定，這是他的生命，我們會給他打止痛劑，他可以自己決定什麼時候拿掉氧氣罩，不會有插管的痛苦，請妳尊重他的決定……」

　　我趴在他的胸前哭泣，哭到沒有淚水，他撫著我的髮，痛苦地喘息，四月的天空，居然飄起細細的雪……Bleeding hearts，淌血的心，好悲傷的花名！

「請扶我坐起來。」是他跟我說的最後一句話，永遠有個「請」字，永遠堅持衣冠平整。我擁著他、吻他、在他耳邊說了三個小時「我愛你，請到我夢裡來。」後來，我真的在夢裡見到他，坐著，一樣的風度翩翩，一樣迷人的微笑，墨綠襯衫襯著他墨綠的眼，為我睜開！我興奮地在夢裡喊：「你醒了，你終於醒了啊！」

認識緣起，因他喜歡外語，學會西班牙文、俄文，和些許德文之後，覺得想給自己一點挑戰，挑戰完全不同的東方語系，於是選了中文。

「喔，我知道！你一定是工作有需要吧？」對當時剛過四十歲的他來說，算壯年吧？給自己這樣的挑戰，應該跟事業有關。

「沒有，是relax, just like massaging your brain。」只是一種放鬆的方式，像是給大腦按摩？

「啊？你從事什麼職業？」

「我是律師。」

「啊?!」我再次張嘴的表情大概很誇張吧？他笑出來！

後來，我發現他嗜書、能彈一手超棒的鋼琴、喜歡下西洋棋、喜歡散彈槍射擊、騎馬、大學主修經濟，數學超好，假日還喜歡自己修房子！木工、水電……簡直無所不能！是的，他自己說過，他喜歡挑戰，十足是個 fighter！

各自結束前一段婚姻後，每當假日，我們便往返於接送我的兩個女兒去前夫家，長達四小時的車程。在車內閒聊瞎扯一段時間，我提議：「嘿，來說說有趣的案子吧！」

　　於是，他依時間順序，每次講一個大案，到家後，我邊寫邊問，寫成了這部曾在《更生日報》連載的小說，最後兩年，我還榮幸成了他的助理。

　　故事沒說的是，檯上法官那時，他常背痛，每天得吞一堆止痛藥，得算好止痛藥的間隔，出庭才能有充裕時間站著講完開場白、抗辯和結語。

　　故事沒說的是，雖然告贏法官，後來卻被該法官徇私，屢次做掉申請法官的機會，但即使屢試屢敗，他從來沒懷疑過正義的存在。

　　故事沒說的是，免費幫客戶打敗那位超額收費的醫師之後，才發現自己得了癌症。律師生涯中，時常得以審問者的姿態，恣意質問醫師的診斷；現在的當事人卻變成自己，必須脫下黑色西裝戰袍，換成毫無尊嚴的病患服，得完全聽從醫師給的判決，即使是在最後一刻。

　　故事想說的是，律師也是凡夫俗子，並非全是冷血利益者，他們除了能冷靜分析法理之外，還有專業的道德正義感，不會加入一己私念。正如告別式上他的客戶說的：「我不知道他生病，天啊，我還跟他抱怨那麼久自己的小病痛，真是丟臉！」會場上更多的是，看著我跟我一起

默默流淚的法官、律師、和成了一生朋友的客戶。律師，當然也可以是你我永遠的摯友。

他說：律師的責任不在認定對錯，而是在確定司法是否公正？是否給予人民公平對待？程序是否合法？即使犯人有罪，也必須按部就班判刑，不能受法官情緒左右；發現法律不公或有漏洞，得回頭重定法條，如此才能讓司法體系更完整，以防人為偏差。

如果說，認同法治的社會才能帶領國家進步；那麼，守法與尊重司法，便該是人們努力的目標。

他是個讓我欽佩的人，他說，永遠要相信正義的存在；他說，正義早晚會來。

I will go down in history, though, for telling people what I really think, and preserve my reputation as a free-speaking, independent trial lawyer who is not to be provoked.

——Scott L. Schubel, 03/11/14 at 12:30 PM

I've been bitter over things, it doesn't help anything and it just eats away at you. Life knocks you down but you have to get up. This isn't the end.

——Scott L. Schubel, 03/28/14 at 2:52 PM

語言文學類　SHOW小說14　PG1760

一個律師的文字戰場

作　　者 / 江秀雪
責任編輯 / 辛秉學
圖文排版 / 周政緯
封面設計 / 蔡瑋筠

發 行 人 / 宋政坤
法律顧問 / 毛國樑　律師
出版發行 / 秀威資訊科技股份有限公司
　　　　　114台北市內湖區瑞光路76巷65號1樓
　　　　　電話：+886-2-2796-3638　傳真：+886-2-2796-1377
　　　　　http://www.showwe.com.tw
劃撥帳號 / 19563868　戶名：秀威資訊科技股份有限公司
　　　　　讀者服務信箱：service@showwe.com.tw
展售門市 / 國家書店（松江門市）
　　　　　104台北市中山區松江路209號1樓
　　　　　電話：+886-2-2518-0207　傳真：+886-2-2518-0778
網路訂購 / 秀威網路書店：http://www.bodbooks.com.tw
　　　　　國家網路書店：http://www.govbooks.com.tw

2017年5月　BOD一版
定價：250元
版權所有　翻印必究
本書如有缺頁、破損或裝訂錯誤，請寄回更換

國家圖書館出版品預行編目

一個律師的文字戰場 / 江秀雪著. -- 一版. --
臺北市：秀威資訊科技, 2017.05
　　面；　公分
BOD版
ISBN 978-986-326-421-7(平裝)

857.7　　　　　　　　　　　106004303

讀 者 回 函 卡

感謝您購買本書，為提升服務品質，請填妥以下資料，將讀者回函卡直接寄回或傳真本公司，收到您的寶貴意見後，我們會收藏記錄及檢討，謝謝！
如您需要了解本公司最新出版書目、購書優惠或企劃活動，歡迎您上網查詢或下載相關資料：http:// www.showwe.com.tw

您購買的書名：_____

出生日期：_____年_____月_____日

學歷：□高中 (含) 以下　　□大專　　□研究所 (含) 以上

職業：□製造業　□金融業　□資訊業　□軍警　□傳播業　□自由業
　　　□服務業　□公務員　□教職　　□學生　□家管　　□其它_____

購書地點：□網路書店　□實體書店　□書展　□郵購　□贈閱　□其他

您從何得知本書的消息？

　□網路書店　□實體書店　□網路搜尋　□電子報　□書訊　□雜誌

　□傳播媒體　□親友推薦　□網站推薦　□部落格　□其他_____

您對本書的評價：(請填代號　1.非常滿意　2.滿意　3.尚可　4.再改進)

　封面設計____　版面編排____　內容____　文／譯筆____　價格____

讀完書後您覺得：

　□很有收穫　□有收穫　□收穫不多　□沒收穫

對我們的建議：_____

_____

_____

_____

11466
台北市內湖區瑞光路 76 巷 65 號 1 樓

秀威資訊科技股份有限公司　　　收

BOD 數位出版事業部

....

（請沿線對折寄回，謝謝！）

姓　　　名：＿＿＿＿＿＿＿＿＿　年齡：＿＿＿＿　性別：□女　□男

郵遞區號：□□□□□

地　　　址：＿＿＿＿＿＿＿＿＿＿＿＿＿＿＿＿＿＿＿＿

聯絡電話：(日) ＿＿＿＿＿＿＿＿＿　(夜) ＿＿＿＿＿＿＿＿＿

E-mail：＿＿＿＿＿＿＿＿＿＿＿＿＿＿＿＿＿＿＿＿＿